美國讀寫教育改革教我們的六件事

W R it ing

目錄

序一——

這本書把我們抓到了巨人肩膀上

許雅寧
美國哥倫比亞大學
教育研究所兼任助理教授

當我收到為多聞寫序的邀請時是有點錯愕的，旅居美國多年，我不認識多聞，也不認識邀稿的字畝文化社長馮季眉，但當我打開多聞的文稿時，更錯愕了——她怎麼把我想要寫的題目寫出來了呢？

我長年推動閱讀教育，但是寫作教育是我心裡的另一塊大石。

我出生成長於臺灣，回想起我在學校的寫作經驗，小時候的我算是作文還不錯的孩子，但是每次作文課時，就是搖著枯筆把八股文寫得活潑一點罷了，總覺得靈魂空洞，就是交差了事；放眼全班同學，倒下的倒下，睡覺的睡覺，唉聲嘆氣的唉聲嘆氣，大家都在等下課。作文課常用的濫句「全班振筆疾書，下筆有如神助，頓時只聽見一片沙沙的寫作聲」，真的讓我高度懷疑，是不是我和我的同學們資質特別魯鈍？

到了美國教書，才知道作文課是可以讓學生和老師滿心期待，過程結果都可以是收穫滿滿的。

問題出在寫作教學。

我在紐約多年的中小學英文教學經驗及在哥倫比亞大學的教學及研究，就是閱讀跟寫作。如果說美國的閱讀教育讓我感動，那麼美國的寫作教育就更讓我對於亞洲寫作教育有著深沉的感慨。如同閱讀教育，美國寫作教育集語言學、心理學、認知學、兒童發展學等等之大成，在教學上勇於反思，在學術上認真鑽研，在實務上大膽嘗試，既挑戰既有的成規體制，在分享推廣上更是不餘遺力。經過了數十年無數的嘗試、調整，到現在開枝散葉，碩果纍纍，這些都讓我欣羨也震撼不已。我在紐約教過所謂最菁英的學校，也在犯罪率最高的地區教過瀕臨關校的學校，然而，不管是怎麼樣的學校，美國學校語言教育的精神及做法都相差不遠。

為了把這篇序寫好，我和多聞約了個時間視訊，希望能更了解多聞寫這本書的過程。我在美東，她在美西，聊起才曉得她是我北一女的學妹。多聞自謙自己不是學者，也不是研究寫作教育出身，她用記者的角度切入，刻劃出美國寫作改革這項巨大工程的過程。其實，很敏銳正確的抓到所有的重點，包括寫作孤獨漫長的本質，寫作教與學的困難，閱讀與寫作間的緊密關係，寫作貫穿學科的原則，美國對所有學科老師的寫作教學的訓練及要求，寫作師資培訓的方法及挑戰，及美國草根力量的成就等等。我看得出她為這本書投入的心力十分驚人，不但花了很多時間蒐集資料，到處走訪美國寫作教育各方大師，更難的是要把這麼多的資訊整理匯集成一本深入淺出，又具專業性、大家又看得懂的書，這真是是要花很多心血才能做到的。這本書不但把我們一次抓到巨人的肩膀上，也隱隱約約為我們勾勒出未來的方向和願景。

我特別想要提的是，多聞在書中仔細介紹了美國如何由下往上的撼動了教育界來改革寫作教育。

要批評任何一個教育制度是很容易的事。以寫作教育而言，如果寫作教育不能點燃孩子心中寫作的火花，過程枯燥，結果也讓人失望，這是誰的錯？是學生嗎？還是老師？還是政策制定者的錯？孩子跟著大人走，顯然不能承擔這個罪名；我曾做過基層教師，我了解，教師如果沒有受過有效的訓練，當然沒有辦法提升教學品質，所以，把問題扔給教師是不公平的。那麼，把所有的錯都推給政府呢？政策制定單位體系龐大，執行改革曠日費時，我也不願意怪罪有心無力的上位者。

誰都無法負責，孩子怎麼辦？難道要遙遙無期等下去？

我不悲觀，與其找代罪羔羊，還不如從上到下，一起做起，大家一起進步。寫作教育與閱讀教育，都需要大家一起努力，不管是居上位者，還是記者、學者，基層老師、家長，大家要一起了解教育，建立共識，才能百花齊放，幫助社會進步，幫助我們的孩子。

這，也是我多年的心願。

想寫關於寫作教育的書已經很久了，多聞和我以文會友，我想，為她寫序可能是老天給我的一個信號。我也希望多聞的這本書能拋磚引玉，讓大家重視寫作，帶動寫作教學的革命。

2018.6.16 寫於美國紐約

序二——

我關心讀寫教育，因為我關心孩子的未來

曾多聞

去年二月，我旅臺返美，旋即飛赴加州柏克萊，為本書進行採訪。隔天，我在洛杉磯下榻的飯店裡，突感腹中翻騰，奔進洗手間，彎身吐得一塌糊塗。我向先生抱怨：「我一定是太累了，不然就是水土不服，再不然就是今天的早餐有問題。」

回到聖地牙哥家中，我繼續時不時的嘔吐，但因為忙於採訪、寫稿，沒有太在意。直到有一天，嘔吐頻繁的程度讓我不得不把電腦抱進廁所，用吐的空檔寫稿，才猛然驚覺不對勁，進醫院檢查發現竟已懷胎十二週，而且寶寶的預產期竟和本書的截稿日同一天！

如此巧合，從那天起，我便戲稱這本書是寶寶的「雙胞胎」。可惜我腹中的人類寶寶並不讓他的雙胞胎書寶寶好過，整整九個月的孕期，我持續害喜，甚至一度因嘔吐過度而脫水，躺進醫院打點滴。加上有胎盤低位的問題，醫師命令我臥床安胎，更禁止我搭機旅行，因此後續的採訪都改用電話進行。這讓我頗感挫折——我是一個比較老派的記者，總覺得要當面見到受訪者，才好掌握對方的態度與回應。

另一方面，因為這個人類寶寶的降臨，讓我在寫作本書時，多了一個身分、也多了一個角度——我不再只是一個文教記者或熱心教育人士，更是一個關心孩子未來的家長。在寫作的過程中，我不停的問自己：PIRLS對我的孩子有什麼意義？共同核心標準對我的孩子有什麼影響？十八年後，我的孩子上大學那一天，我希望他的讀寫能力到達什麼樣的程度？當今的美國教育能幫他達到那個程度嗎？因為這本書是為臺灣的讀者而寫，我也問自己：我希望孩子在美國還是在臺灣接受讀寫教育？為什麼？

最重要的是，我想利用寫這本書的機會，思考身為一個家長，我可以如何把我的孩子培養成一個犀利的讀者和流利的作者，以及我可以如何支持學校讀寫教育。為了用本書來回答這些問題，我回溯美國近半世紀讀寫教育改革的歷程，整理出我認為有參考價值的部分。一邊寫稿一邊安胎的那幾個月，我常常一邊打字，一邊低頭對漸漸隆起的肚子說：「所以呢？你覺得怎麼樣？」

九個月實在太短了。既不夠我做好準備迎接人類寶寶，也不夠我把這本書寶寶修到盡善盡美。就如本書第一章所寫：成為一個優秀的寫作者，是一個漫長而且沒有終點的旅程。就這一點來說，世界上全部的書，恐怕都有許多未臻完美之處。儘管如此，我仍然衷心希望，我的這本書寶寶，可以對臺灣的教育界起到參考價值。

2018.5.2 寫於美國聖地牙哥

序三——

別再用舊思維看待讀寫教育

馮季眉
字畝文化社長

二〇一六年，我為當時辦的雜誌《青春共和國》策畫了一個探討「讀寫教育」的專題，隔海向旅居美國的自由記者曾多聞邀稿，請她採訪報導美國讀寫教育發展情況，並介紹「美國國家寫作計畫」的運作及其對美國中小學寫作教育的影響，為臺灣讀者提供不同的教育思維與視野。

中小學的讀寫教育，向來是我所熟悉與關心的。在國語日報擔任總編輯和社長時期，發起並推動讀報教育及師資培力（以報紙為教材進行閱讀教育），以及對臺灣各縣市小學生的寫作投稿情況定期進行年度調查並提出觀察報告，此外也參與舉辦「好書大家讀」少年兒童讀物評選等等，都是與讀寫有關的教育工程，且莫不是以五年、十年、二十年的時間長期持續投入。自報社提前退休後，從事出版工作，兒少議題與讀寫教育仍是我關懷的重點。適逢臺灣正發展十二年國教課綱，新課綱將做為未來十年國民教育的綱領，我卻無法在這份新課綱中，體察到「讀寫教育」的新思維，勾勒出「讀寫教育」未來的藍圖。這令我對讀寫教育在體制內持續嚴重邊緣化，感到焦慮不安。因而試圖探討這個主題，盼以他山之石，促使教育界正視讀寫教育的困境與改革之必要。

我和多聞其實沒見過面，但是早已在其他媒體讀過她撰寫的教育相關報導，很欣賞她對議題的掌握以及簡潔有力的文筆。首次邀稿，多聞便爽快的答應了，並且很快就為雜誌寫來切中核心又有故事的稿件，將「讀寫教育他山之石」這個教育專題處理得相當具有可讀性。我從中讀到許多值得進一步挖掘與探討的線索，心想，以她的專業，必能將這個題目從各個面向鑽研探究、寫得深入核心。因而，又進一步向多聞邀約書稿，請她以「美國中小學讀寫教育的改革經驗與做法」為主軸，進行更深度、更廣泛的採訪，輔以相關資料，發展成書，介紹美國這一波讀寫教育改革浪潮是如何發生，教育當局、學校、教師遭遇的挑戰與因應策略為何，以及發生在中小學教育現場的真實故事。雖說是從探討「讀寫教育」出發，其實更多焦點是放在「寫作教育」，畢竟，閱讀教育早已獲得更多關注，而寫作教育，不但是國際間的教育新課題，也是當代家長、教師普遍的難題。我相信，所有與孩子教育有關的人，包括家長、老師、校長、教育政策制定者，遲早會警覺，光提倡閱讀是不夠的，長期被忽略的寫作教育，也必須急起直追。

除了閱讀的R（Reading），我們確實還需要找回在體制內長期被忽略的另一個R（wRiting）——寫作。可惜十二年國教新課綱並沒有具體、明確的回應這樣的教育課題與需求。新課綱強調素養導向、跨領域及主題式學習，但基於「減法精神」，閱讀與寫作，未納入正式課程，也無具體規範應實施時數，繼續「外掛」於國語文領域。對教育現場略有了解的人都知道，沒有課程就沒有評量，無須評量就不受重視。然而，讀寫教育，真的這麼無關緊要嗎？倘若閱讀與寫作，在體制教育內的位階是可有可無、彈性實施，年輕世代真能擁有這兩項重要的能力嗎？我由衷希望透過出版此書，借鏡國外的經驗與做法，能夠或多或少喚起各界對讀寫教育的重視與反思。

年初，多聞如期寄來完稿，我一面處理手邊其他書稿，一面利用空檔慢慢閱讀這本令我相當期待的新書。由於有些地方需要交換意見，與多聞電郵往返，這才得知，多聞是懷著寶寶，辛苦的進行這本書的採訪寫作。我想，必定是這份對教育的深深關懷與使命感，給她勇往直前的能量，完成了這一趟探討美國讀寫教育之旅。

這是一趟有意義、有價值的旅程，帶領我們和教育學者、教師、家長，看到值得參考的教育研究實證，看到不分城鄉的學校都願意為學生提供高品質寫作教學的動人教育風景，看到美國教師與學生接受寫作教學改革後的進步與改變，當然，也隱約看到臺灣可以取法的方向。

寫作，確實不應只是語文教師的事。在國語文領域談寫作，這樣的思維已經落伍。因為學生在學校裡學寫作，不是只學習寫美文、論文，還要學習寫未來能夠應用於生活、應用於職場的各種文體，如日誌、企畫、書信、簡報、文案……，學生需要的是跨領域的寫作力。跨領域的寫作練習、跨學科的寫作教學，已經在美國中小學的教室裡進行，能不能成為臺灣中小學課堂裡的風景？在下一個十年裡，有可能發生嗎？我沒有答案，但是我由衷希望這本書能提早讓這個期待成真。

上：紐約寫作計畫的教師培訓課程進行情景。

下左：美國國家寫作計畫全國課程主任塔妮亞．貝克（Tanya Baker）（相關內容見本書第一章）。

下右：美國國家寫作計畫主任愛麗絲．艾德曼奧達爾（Elyse Eidman-Aadahl）（相關內容見本書第五章）。

照片提供：美國國家寫作計畫

科學教師米卡．勞爾因為推動跨科際寫作有成，獲愛達荷州州政府提名傑出科學與數學教學總統獎（相關內容見本書第三章），與白宮科學技術政策辦公室主任約翰．霍爾德倫（John P. Holdren，左）博士、美國國家科學基金會教育助理總監瓊．菲力尼瑟曼（Joan Ferrini-Mundy，右）博士合影。

照片提供：白宮科學技術政策辦公室

左：普維布洛（Pueblo）寫作計畫課程，一名教師正一對一指導學生。普維布洛是美國西南部一個印地安人保留區。

下：喬治亞州薩凡納（Savannah）寫作計畫的兒童夏季寫作營。

照片提供：美國國家寫作計畫

上：威斯康辛州的弗拉特尼公立雙語小學，用英語及西班牙語授課，推動以學生為中心的「專案學習法」，成效卓著，學生在期末以英語及西班牙語呈現學習成果（相關內容見本書第五章）。

下：密西西比州龐托托克高中 2013 年的畢業紀念冊封面，學生簽名並寫下對未來的願景。雖然 99% 的學生來自貧窮家庭，但是在讀寫教育的激勵下，他們對學習有高度熱忱，對未來更是充滿夢想（相關內容見本書第四章）。

照片提供：弗拉特尼小學、龐托托克高中

前言

二十一世紀需要怎樣的讀寫教育

身為一個在臺灣出生成長並接受教育、成年後在美國工作並主跑文教新聞的記者，我不只一次驚嘆美國教育對讀寫力的重視。去年，我的孩子進入小班就讀，我第一次從一個家長的角度，看到讀寫教育如何被納入正式學前課程、讀寫力的培養如何在學前就開始扎根，這種感受更為深刻強烈。

美國教育重視讀寫，是有其歷史背景的。早在一八七四年，哈佛大學有鑑於大學生寫作力低落，舉行入學寫作考試，發現過半新生的寫作程度不如預期，從此規定大一新生必修寫作課，其他大學也紛紛跟進。自此，美國大學新鮮人必修寫作課，就成為不變的要求，也是美國高等教育少數百年來不曾變動的規則。一百五十年來，美國教育界進行讀寫教育的方法、提升教師素質的策略，雖然經歷了多次重大變革，但是重視讀寫教育的大原則始終如一。

二〇一一年，美國在五年一度的「國際閱讀素養調查」（Progress in International Reading Literacy Study, PIRLS）排名全球第五，閱讀動機排名第四，成績傲人，遙遙領先整體排名第九、動機排名第四十二的臺灣。二〇一六年實施的 PIRLS，閱讀動機沒有列入排名，改為閱讀興趣調查，臺灣整體排名進步一名，但是對閱讀有興趣的學生比例仍只有百分之三十七；美國整體排名大幅退步七名，但對閱讀有興趣的比例仍高達百分之六十。

美國國家教育統計中心專家佩吉．卡爾（Peggy Carr）接受《美國新聞及世界報導》採訪指出，美國整體排名退步，主要是英語並非其母語的外籍學生，五年間大幅增加所致，他對美國學生「對閱讀有高度興趣」表示樂觀。

雖然學生現在普遍對閱讀很有興趣，但是美國在讀寫教育方面，其實曾有很長一段時間，停留在「教學生認字」，而非著力於層次較高的閱讀與寫作。曾任美國國家英文成就研究中心（National Research Center on English Language Achievement, CELA）主任的作家及學者亞瑟．艾伯比（Arthur Applebee）指出，綜觀整個十九世紀，美國中小學的寫作教學，都只著重教學生寫字，很少顧及其他，甚至拖到中高年級才進行寫作教學。艾伯比在其論文〈寫作教育的另類選擇〉（暫譯，*Alternative Models of Writing Development*）中指出，上述情形是因為，當時教育界普遍認為，寫作力的發展必須在閱讀力之後。

美國的讀寫教育，是如何從「教學生認字」的層次，提升至讓學生對讀寫有強烈動機及興趣的層次呢？這是本書想要探討的，也是寫這本書最初的動機。

在哈佛大學首次舉行入學寫作考試後一世紀，美國《新聞周刊》雜誌於一九七五年刊出轟動一時的社論文章〈為何強尼不會寫作〉[1]，直指美國寫作教育面臨嚴重危機，批評公立學校不重視讀寫的「基本訓練」。這不是類似話題第一次引發熱議，但是這一波風潮，確實促使教育界及政治界認真檢討語文教育的重要性，重新定位中小學生寫作教育的標準，整個大環境因此有所改變。

這一波風潮，開啟了課後讀寫課程的風氣，同時催生了設在加州大學柏克萊分校的一個非營利組織「美國國家寫作計畫」（National Writing Project, NWP），其任務是協助全國的公立學校，都能讓學生獲得專業、高品質的寫作教育，而且除了基本的閱讀訓練，更要持續加強學生的寫作能力。

在這一波倡導加強讀寫教育的過程中，許多教師都有同樣的疑問：為什麼寫作這麼難學、這麼難教？

加州大學洛杉磯分校教授麥克・羅斯（Mike Rose）提出，這是因為人們不認為學習寫作有什麼重要。羅斯教授曾在《生活在邊界上》[2]一書中寫道：「進入大學校園的年輕人，大多可以寫一段新聞摘要，或是寫一篇對某部電影的感想，但是他們寫不出真正有思想的東西，這是很大的問題。有思想的寫作，應該要提出自己的觀點，或是採用別人的觀點、加上自己獨特的見解。研究寫作教育危機的學者，對於學生缺乏這種能力深感憂心。」

但羅斯也提出對美國讀寫教育樂觀的一面：「要知道很重要的一點，傳統

1. 美林・希爾茲（M. Sheils）：*Why Johnny Can't Write*，暫譯〈為何強尼不會寫作〉。新聞周刊，一九七五年十二月八日，頁58-63。
2. 麥克・羅斯：*Lives on the Boundary*，暫譯《生活在邊界上》。紐約：企鵝出版社。2005年。

上，寫作能力是只有菁英階級的人，例如牧師、學者、貴族等才有可能具備的。我們是歷史上第一個將寫作力普及到各個階級的世代。」

二十世紀以來，寫作教育雖然普及了，但是文學寫作的標準卻降低了，對於良好寫作的要求也降低了，寫作力在求職謀生上的實用性也不如從前受重視。相較於一百年前，二十一世紀初期的美國學校教育，更注重科學、技術、工程、數學等理工課程。於是，又有學者對此大呼遺憾，指出在全球化、多元化的社會，不論是學術界還是職場，不論是從全球或是在地觀點看，寫作都是通往成功的途徑。好在，比起一九九〇年代，現今美國教育界，對於如何進行成功的寫作教學，已有更深入的認識、更成熟的經驗。成功的教學策略與模式，已陸續建立起來，教師只要有心，很容易取得資源，帶進課堂使用。所以，時至今日，美國各級學校視提升學生寫作力為一種挑戰，而非危機處理。

在寫作本書的過程中，我閱讀了大量文獻，並採訪美國國家寫作計畫的專家與參與計畫的師生，試圖全盤了解當前美國寫作教育現況，希望透過介紹實際的課堂寫作教學案例，以及成功的教師與學生故事，以他山之石，提供教育界及所有關心教育的人士參考，並一起思考從國小到高中階段，學校語文教育所面臨的挑戰有哪些，又該如何提升各年級學生的閱讀力與寫作力。

本書的重點有三：

一、說明讀與寫之間的關聯，並闡明讀寫活動的複雜性。閱讀是一種學習的方式，寫作是一種與人溝通及表達自我的手段，對每一個領域的學生來說都很重要。

二、檢視當前美國讀寫教育的潮流，有哪些相關研究、有哪些好的教學法、有哪些讀寫教育議題值得國人注意。例如讀寫在早期教育中應該扮演的角色，教室中如何培養在現實生活中也實用的閱讀力與寫作力，如何合理的評量學生的讀寫力，以及如何進行跨科際的讀寫教學。

三、舉出實用的解決方案以及模型，供學校教師、教育當局以及任何有志寫作教育的人士，在制訂教學方案、執行教學計畫時參考。

我透過採訪相關學者專家，來勾勒出美國這一波「找回失落的R：wRiting」的教育改革，如何在校園中提升學生寫作力與推廣寫作課程，遇到的挑戰以及對應的做法有哪些。透過美國的案例研究，說明美國各級教師如何在不同背景的課堂以及學校裡推廣寫作教育，並用寫作教育來豐富學生的學習經驗。也想嘗試透過美國經驗，解答以下幾個問題：

- 讀寫為什麼重要？
- 歷年研究對於讀寫教育有何重要發現？
- 美國國家寫作計畫一再強調的「寫作過程」（writing process）究竟是指什麼？
- 一堂成功的閱讀課或寫作課，具備哪些條件？
- 讀寫如何幫助進行批判性思考？

- 如何進行跨科際的讀寫訓練？
- 什麼樣的專業訓練，能幫助教師成功進行讀寫教學？
- 全校性的讀寫教育計畫，應該是什麼樣子？
- 如何合理的評鑑學生的讀寫能力？

過去四十年來，美國教育界曾出現許多具說服力的研究，對閱讀、寫作教學產生影響力，讓好的寫作教育，從學術論文的紙上論述，轉化進入真實世界的課堂，真正改變了美國學校教育實施寫作教學的方式，並就早期閱讀與寫作教育的關聯性，提出許多重要見解。又因為移民人口增加，美國的課堂環境日益多元化，近年來也出現很多研究，探討在社會及文化因素下可以如何支持學校的讀寫教育（新移民之子日增，與臺灣教育現場狀況相似），本書將多方引用這些研究。另外，也將大量引用與教師、校長、督學的訪談，這些教育工作者站在教育第一線，訪視過美國各地的教育現場，有豐富的經驗可以分享。

在寫作本書時，美國國家寫作計畫（NWP）是我最重要的諮詢對象。國家寫作計畫是美國改善學校寫作教育與學習品質最重要的一個組織，迄今已有四十多年歷史。一九七四年夏天，二十五名熱心教師在加州大學柏克萊分校成立了這個計畫，目前已經發展到在全美有一百八十五個衛星站，遍布全美五十州、華盛頓特區、波多黎各、美屬維京群島。自國家寫作計畫成立以來，全美有超過兩百萬名來自城市、鄉鎮、甚至偏鄉地區的教師參與該計畫。美國國家寫作計畫採取「教師訓練教師」的同儕支援方式，每年全美有十萬名教師參加全國寫作計畫的教師訓練課程，完成訓練的教師或教學成效卓著者，可成為教師領袖（Teacher-Leader），訓練其他教師。二〇一五年，全美有三千名教師取得教師領袖資格。自同年起，這些教師領袖共培訓了八萬名教師。從幼稚園到十二年級，美國國家寫作計畫是目前美國唯一致力於促進讀寫教育的全國性機構。

自成立以來，美國國家寫作計畫就致力於與各級學校建立合作關係。透過與學校合作，各種教學法的效果，以及什麼樣的教學法會對學生的學習產生什麼樣的影響，都得到徹底檢視。因此，美國國家寫作計畫能夠充分掌握當今寫作教育的潮流及教師面臨的議題，並據此確認了一些成功的教學策略，研發設計了很多創新的教學法，對學生的學習產生影響，且在推動跨科際寫作教學方面發揮了重要功能。

現在，愈來愈多教育工作者體認到讀寫對學術成就的重要，但這並不代表美國的讀寫教育已臻完善。讀寫教學涉及的範圍之廣，仍然是學校在進行教育改革時的一大挑戰。其中一個矛盾就是，雖然寫作的重要性已被公認，但是作文課在公立中小學卻沒有得到相對的重視。在美國多數州，寫作仍然沒有被列入教師評鑑項目。很多時候，教育界把閱讀教育與寫作教育合併在一起談論，而閱讀教育被談得更多，以至於寫作教育被忽略了。

針對這一點，美國國家教學中心一再強調，「寫得好」一定讀得好，但「讀得好」卻不代表寫得好。這也是本書想要強調的重點之一。

在寫這本書的過程中，我做了很多研究，有一個深刻的感想，那就是學生需要更多寫作練習，尤其需是需要更多跨科際的寫作練習。美國國家教育進步評估局（National Assessment of Educational Progress, NAEP）[3]、全國英語教師委員會（National Council of Teachers of English, NCTE）、美國學校行政人員協會（American Association of School Administrations, AASA）以及國家教育學院（National Academy of Education）委員會[4]，都曾提出同樣的呼籲。美國國家教育學院的閱讀委員會報告指出：「近來所有關於美國學校寫作教育的分析，都有相同的結論：孩子們沒有得到足夠多的機會從事寫作。針對一年級、三年級、五年級生的研究發現，在校的時間只有百分之十五用於寫作練習；就算是高中，學生練習寫長篇文章的機會也不夠多。」

四十年來，美國教育界採取了許多對策來面對以上挑戰，有些政策成功，有些政策失敗。綜觀這個過程，我認為至少有六件事，可以供國內教育界借鏡。利用寫這本書的機會，我把這六點梳理出來，一方面探討哪些有研究根據的教學法，可以提升寫作教育的成果；另一方面以案例研究來說明，學校可以如何設計有效的、全校性的、讀寫並重的教學計畫。

第一，我們常說「學無止境」，其實「教學」更無止境。為什麼讀寫教育是如此複雜？學校在邁向教好讀寫這個目標的過程中，必定會遇上什麼樣的挑戰？這些，我們都可以從美國經驗中得到啟示。

第二，過去我們總以為應該先學讀、再學寫，而且作文的第一課就是「起承轉合」——至少在我的學生時代一直是如此。但總結過去四十年來，美國關於「讀寫力是如何培養與成長」的相關研究，我們發現作文的第一課不應該是起承轉合，而應該是「認識讀者」。而且，寫作教育應該跟閱讀教育同步，儘早開始。

第三，我們都以為作文是一個獨立的科目，但事實上，作文應該是一種學習

---

3. 美國國家教育進步評估局（NAEP）是美國政府機構，隸屬於美國教育部，專責評量從幼稚園至十二年級學生的學習成果。

4. 國家教育學院為——非政府研究機構，一九六五年由美國時任卡內基集團總裁的企業家約翰．加德納（John Gardner）及時任哈佛大學校長的教育家詹姆斯．柯南特（James Conant）共同創辦，專事提升教育品質的相關研究。自創辦以來，國家教育學院各委員會所做的報告，都獲得美國教育界高度重視。

的工具。美國經驗告訴我們，讀寫教育可以激發學生批判思考以及解決問題的能力，更可以提升學生的數學與科學程度。那麼，要怎麼在教室中實踐好的讀寫教學策略，用作文來幫助高水平的學習？本書第三章有詳述。

第四，正因為讀寫是學習的工具，所以閱讀與寫作不僅是國文跟英文老師的責任，數理老師也應該熟悉教讀教育。但接受傳統師資訓練的數理教師多半不會教讀寫，怎麼辦？本書第四章會針對教師培力做探討，討論美國「讀寫教育」這項專業的發展，也介紹美國國家寫作計畫的「教師訓練教師」模式如何提升數理老師的讀寫力。

第五，考試不是萬能，但沒有考試萬萬不能。讀寫教育的最終目的不是為了應付考試，但好的評量制度對讀寫教育仍然很重要：好的作文題目，可以幫助學生讀寫力進步；好的評量制度，可以提升讀寫教育水平。第五章會提出一些出作文題目的基本原則，介紹一些評量寫作力的模式，並討論美國共同核心教學標準（Common Core Standards）實施後讀寫教育的變化。

第六，過去的教育改革，多半聚焦在制度面的改革。但美國經驗告訴我們，由下而上的自主教育改革，比由上而下的教育政令宣導更有效。教育改革，需要由從基層教師開始，並由學校行政階層及學區家長共同支持，才能成功。

這長達四十年的讀寫教育改革，不僅帶動美國各級學校加強讀寫教育，也進一步向上影響大學評鑑制度，連美國大學取才最重要的考試——SAT，也不得不跟著進行重要的變革。美國每年有兩百五十萬高中生參加 SAT（Scholastic Assessment Test，學術水準測驗考試），這是美國各大學申請入學最重要的參考條件之一。自二〇一六年起，SAT 寫作測驗有重大變革，將寫作獨立於各科目之外，獨立測驗。

SAT 於二〇〇五年起，首度納入寫作測驗，這個決定在當時得到美國各大專院校普遍支持。時任哈佛大學招生主任的威廉．菲茨西蒙斯（William Fitzsimmons）接受《紐約時報》採訪時說：「我認為 SAT 此舉將帶來真正的改革，尤其過去高中教育在寫作方面做得並不好。」

但是，之後十年，SAT 寫作測驗卻遭教育界批評，認為評分過度注重考生的用字及文章長度，而不管考生的主張是否有所依據、論述是否合理。麻省理工學院寫作中心主任萊斯．佩爾雷曼（Les Perelman）長期研究 SAT 寫作測驗對高中寫作教學的影響，曾提出 SAT 寫作測驗中一個極不合理的現象：作文長度對分數影響很大，但其論述是否精準卻被忽視。佩爾雷曼說：「你可以寫說美國第二次獨立戰爭爆發於一九四五年（事實上是一八一二年），然後堆砌一些華麗的辭藻，再引用一些名言。就算那些詞藻很空洞，名言與作文主題沒有直接關係，也無所謂。這樣便可拿到高分。」佩爾雷曼說，他讓十六個在 SAT 寫作測驗中拿到低分的學生用這一招，再去應試一次，結果每個人在寫作項目中都得到高分。

二〇一二年，美國共同核心標準推手大衛．柯爾曼（David Coleman）出任 SAT 主辦單位、大學董事會董事長暨首席執行長。他很重視來自教育界的意見，在記者會上稱：「各界意見指出，在 SAT 寫作測驗中得到高分的考生，在大學裡的寫作表現卻不一定好。這是 SAT 寫作測驗的失敗。」他直指 SAT 寫作測驗並未達到預期成果，並表示他本人及 SAT 大學董事會將為各界批評負起責任。

柯爾曼旋即推動改革，於是，自二〇一六年起，SAT 寫作測驗被分開評分。新的考試內容將是讓學生讀一段短文，然後寫一篇文章，來分析作者的意圖，並且要舉出嚴謹的證據來證明自己的觀點。

這是 SAT 測驗自二〇〇五年以來最大的變革。兩次變革都是針對讀寫測驗。跟二〇〇五年時一樣，這次 SAT 改革也引發廣泛討論，包括出題是否具有代表性、評分是否足夠公正性，再度受到教育界挑戰。但是，這次改革也說明，美國教育界認為，寫作能力是幫助大學生在校園及社會上取得成功的重要工具；寫作測驗有效與否，非常重要，不能形式上草率為之。

讓學校與教師指導學生熟悉「閱讀」、「寫作」這兩樣工具，使之成為幫助學生達成學業與事業目標的利器，是教育的願景。就這個願景，提供美國經驗的他山之石，包括指標性的教育研究、推動機制、師資培力、城鄉教學策略、學生的學習成就等等，為讀者打開一扇窗，看到讀寫教育的不同視野，這就是本書的目標。

愈來愈多教育工作者體認到讀寫對學術成就的重要，但是，很多時候，教育界把閱讀教育與寫作教育合併在一起談論，而閱讀教育被談得更多，以至於寫作教育被忽略了。

CHAPTER

1

學無止境是真的 教無止境也是真的

it

ing

開始著手寫這本書的某一天，我開車回家的路上，美國國家廣播電臺（National Public Radio）正播出暢銷作家史蒂芬・金（Stephen King）的專訪。我聽到他對主持人說：「寫作是一個漫長而孤獨的旅程。我很慶幸在這個旅程中有人相伴。」

他的兒子歐文・金（Owen King）也是一位作家，他談到父子倆合作寫書的點點滴滴。聽著專訪，我想起美國國家寫作計畫全國課程主任塔妮亞・貝克（Tanya Baker）。在一次訪談中，貝克也曾對我說：「成為一個優秀的寫作者，是一個漫長、而且沒有終點的旅程。」

年近半百的貝克，臉頰紅潤，風度活潑，看起來很年輕。但一開口，用字古典優雅，又變回將屆知命之年的資深教師。在加入美國國家寫作計畫以前，她是一位高中英語教師。在國家寫作計畫位於加州大學柏克萊分校校園的辦公室裡，她娓娓道來在她的教學生涯中、在寫作教學上遇到的那些挑戰，以及國家寫作計畫的教師培力如何改變她的教學經驗：

「語文教師應該同時是教師，又是作家。但是，教學是孤單的工作，而寫作是寂寞的旅程。教學是非常孤單的。即使你身邊總是圍繞著孩子，但孩子不是能與你並肩作戰的夥伴。你不能在孩子或家長面前流露出一點點你對工作的懷疑與不自信，那會嚇壞他們的。然而，教師也需要有切磋琢磨的對象，需要有機會向站在同一立場的對象展示你的工作成果，討論你的疑慮，並得到回饋。國家寫作計畫提供這個平臺，讓我在教學的路上不再孤單。」

改變人生的教師營

十五年前，貝克第一次參加由國家寫作計畫舉辦的語文教師訓練營，覺得大有收穫：「美國人動不動就喜歡說：『啊！這改變了我一生！』我不喜歡這種說法，我覺得很浮誇。但那個訓練營，真的改變了我一生。」

透過國家寫作計畫，貝克與其他教師組織了一個寫作俱樂部：「我們用心讀彼此的作品，給予真誠的回饋。我覺得這個俱樂部對我很有幫助。我覺得我在這個俱樂部裡，對其他人也很有幫助。這大大提升了我對教學工作的信心，更能夠去幫助學生提升他們的寫作力。」

後來，貝克開始在教學之餘，志願支援國家寫作計畫的行政工作。十年前，她離開原本服務的高中，全職投入國家寫作計畫，繼續為提升美國中小學讀寫教育品質而努力。

貝克那句「成為一個優秀的寫作者，是一個漫長而沒有終點的旅程」，無疑會得到許多寫作者的共鳴。

是的，寫作是一門複雜的技術。即使是最優秀的作家，也同意寫作是充滿挑戰的。因為，寫作的過程中摻雜了許多難以控制的因素。作者（包括我自己）下筆時，往往不知如何開始；下筆後，往往不知如何繼續，如何建構每一個句子、如何組成每一個段落……。寫作的過程就好像一個充滿驚喜的旅程，沒有規矩可循。作文的題目愈是博大，作者想表達的意思愈是複雜，這個「旅程」就愈變幻莫測。即使是最有經驗的作家，也很難一步到位，不擬草稿、不經修改，就寫出令自己完全滿意的文章。兒童文學經典名著《夏綠蒂的網》的作者，知名兒童文學作家埃爾文・布魯克斯・懷特（E. B. White）有句名言：「最好的寫作是重寫。」這句話是作家們都同意的。寫作很難，無論思想、情感、想像力，均須多方面的探索，尋求最適切的表達方式。

寫作的時候，自己同時是作者和讀者。身為作者，必須反覆琢磨，推敲著找出最能適切表意的文字。做為「自己的」讀者，以編輯的眼光審視自己的作品，確定自己已經找到了正確的文字，能準確的表達自己的意見。知名文學評論家雅克・巴爾贊（Jacques Barzun）曾形容寫作的過程就是「閱讀與修改」：「重複閱讀、修改，直到你的文字能夠充分表達你的想法。」這個意思就是，一開始不妨允許自己寫得很差，但敦促自己通過一次又一次的修改來改善作品。

知名劇作家拉利・吉爾伯特（Larry Gelbart）也說過：「總要先寫完，然後再來修改。你得先寫一點不那麼偉大的東西，不然你什麼都寫不出來。你也可以先寫好結論或結局，這讓你有個方向來完成作品。」

懷特、巴爾贊、吉爾伯特談的其實是同一件事，也就是許多寫作教育研究者提出的寫作的「反芻性」。研究指出，寫作包含計畫、檢討、起草、修改等幾個階段，這幾個階段會一直重複，而且不一定按照順序。在每個階段，作者都必須進行批判思考，並設法解決問題。最基本的要求是以文字充分表達作者的思想。成功的作者能夠掌握文章的主旨、寫作的目的、讀者的興趣，也能掌握不同的文體，例如寫一封信、寫一篇論文、寫一篇抒情文，是完全不一樣的。

先讓學生願意寫作

寫作是一門複雜的技術，寫作教育也是一門複雜的技術。成為優秀的寫作者，是一個漫長而且沒有終點的旅程。寫作教育的提升，也是一個漫長而且沒有終點的旅程。

要以高標準來要求學生的寫作力，必須先以高標準來要求提供寫作教育的教師的教學力。寫作很具挑戰性，而寫作教學更具挑戰性。教師要怎麼創造一個教室環境，甚至一個校園環境，讓所有學生都能學得複雜的寫作技巧？語言教育學家詹姆士・摩菲特（James Moffett）描述有效的寫作教育，認為：「學生應該在學校裡學習寫作，並在課後持續練習寫作。我們要給學生一個願意寫作的原因，一群充滿善意的讀者。這也就是說，我們應該創造一個平臺，讓學生可以在其中思考、查找、與其他人討論、起草、得到回饋、修改，讓文章更完美。」

這是一個很好的藍圖，但又給教育者帶來新的挑戰：如何在課堂上教導學生，然後讓他們在課後繼續練習寫作？

回想自己學生時代的作文課，很多人一定還記得，發回來的作文上面有老師用紅筆寫的「這部分需要更清楚的解釋」、「開頭太弱」、「本段落用意不明」之類的簡短評語。這些評語通常沒有什麼幫助，因為沒有清晰具體的指導學生下一步應該怎麼做。彷彿是在告訴學生，自己想辦法解決這些問題，下次寫出更好的作文。問題是，改善寫作所需要的知識，不是訂正一個錯字或改正一個語法那麼簡單。教師要怎麼提出更清楚的指引？一個強而有力的開頭應該是什麼樣子？如何使每一個段落中的每一個句子都與上下句緊密連結，邏輯清楚？如果這些知識都能有簡單的方法傳授給學生，那教作文也就變得簡單了。

所以，長期從事與寫作教學相關研究的美國國家寫作計畫，一方面探討寫作教育面臨的種種困難，一方面也研究怎樣的教學法最能提升寫作力。

好消息是，儘管寫作教育充滿挑戰性，但幾乎所有專家都同意：學習寫作，是培養中小學生自我表達能力最好的方式，而且所有的學生都能經由學習來提升寫作力。美國國家寫作計畫廣納從小學到大學各年級教師、教材編者、校長、督學、語言學家等專家意見，得出結論：寫作在學習中扮演重要角色，寫作力對不同科目的學習都有助益。

到底為什麼，不論是對教師還是對學生而言，寫作教育會這麼困難？經過多年研究，美國國家寫作計畫的專家，整理出學校和教師在實務教學上面臨的困難，以及在制訂寫作教學計畫或教育政策時應該了解的現象；也從教學與學習兩方面來討論寫作教育的迷思，並就如何教學、如何評量提出建議。以下就來介紹這些成果。

首先，關於教寫作及學寫作的挑戰，學校和教師怎麼看？學校應該提供什麼樣的資源，才能讓學生學會一系列關於寫作的知識，並精通寫作這一門複雜的技術？

美國國家寫作計畫指出，學校提升學生寫作力，經常面臨兩大挑戰。第一是學生到底需要什麼，才能發展並精進寫作力？第二是校方乃至教育當局要如何支持教師，以維持一個能夠永續發展的寫作教育計畫？

寫作練習普遍不足

專家認為，學生應該在教師指導下、在充分資源支持下，進行更多跨科際的寫作練習。

有充分的研究證據顯示，學生經常進行寫作練習、尤其是跨科際的寫作練習，其寫作力必然會提升。寫作力與閱讀力是一體的兩面。美國國家教育進步評估（National Assessment of Educational Progress, NAEP）二〇一五年閱讀報告[1]指出，四年級、八年級、十二年級學生當中，那些每週固定繳交申論題作業的學生，比起很少或從來沒有寫申論題作業的學生，閱讀和寫作能力都較強。而且上述申論作業不限於語文相關科目，數學、科學方面的申論練習，也有助提升學生的閱讀力與寫作力。

但是，直到近十年，美國很多中小學都沒有給學生足夠的機會練習寫作。國家教育進步評估二〇〇二年寫作報告[2]統計，百分之六十九的四年級教師，每週只讓學生進行不到九十分鐘的寫作活動。而且，很多教師只是出題讓學生寫一小段申論式的答案，而沒有讓學生練習寫較長的文章。而國家教育進步評估報告指出，練習寫較長的文章，才是提升寫作力最有效的方式。近年來，美國很多全國性的寫作教學研究，一再指出同樣的問題：學生在校練習寫作的時間太少，出了校門以後根本不會練習。如果學校想要提升學生寫作力，應該先檢討校方對學生寫作課程的實際要求。

需要注意的是，依學生的能力不同，對寫作教學的需求也不同。

寫作是一件很個人的事，而學生成長為寫作好手的過程也各有不同。不論年紀，學生各有不同的專長、不同的喜好，在寫作方面也是一樣，有人喜歡敘事，

1. 美國國家教育進步評估（National Assessment of Educational Progress, NAEP）二〇一五年閱讀報告，https://nces.ed.gov/nationsreportcard/reading/。
2. 國家教育進步評估二〇〇二年寫作報告，https://files.eric.ed.gov/fulltext/ED476189.pdf。

有人擅長議論，也有人專長說明。當一個學生想要學好寫作，他通常會先經歷一段「退步期」。普立茲獎得主、曾在新罕布夏州立大學教寫作的唐納德．莫瑞（Donald Murray）曾指出：「大部分的作家都有自己的專長與弱點。學生也是。如果你教寫作，你會發現學生當中有人字彙豐富，文法觀念正確，但是寫不出什麼東西來。也有人寫得多，但是寫得不怎麼好。有些人寫的東西完全亂七八糟。有些人寫的文章很工整。我教過小學一年級的學生，也教過研究生。不論在哪個年級，學生之間的程度都有很大差異。」教師的挑戰，就是判斷出每個學生的程度，判斷出他們需要什麼樣的教學與支持。

多練習寫各種文體

學校不但要讓學生寫得更多，而且要給他們一個豐富而多元的寫作經驗。學生們要熟悉各種文體，才能在寫作上游刃有餘。

美國國家寫作研究中心（National Center for the Study of Writing）出版的

《十年研究：國家寫作與文學研究中心的成就》[3]一書，指出語文教育的目標應該是「讓學生能擁有多種、完整的語文溝通技巧」。寫作技巧也是語文溝通技巧的一部分。但什麼才是完整的寫作技巧呢？

綜觀各年級，學生為不同的目的、不同的讀者而寫作。教師對於什麼是完整的寫作技巧，各有不同的概念，並各自根據自己的概念，讓學生從事逐漸複雜的寫作練習。早期的語文教學，孩子的寫作能力，從繪畫、口說、拼字、看圖說故事的能力逐漸發展而來。進入中學或高中階段，學生可能經常會被要求寫一段名著摘要、一篇實驗報告、一則閱讀心得、一篇考試作文，這些作文的長度和難度各有不同。到了大學階段，他們必須接受更複雜、更多元的寫作任務挑戰，但他們可能還沒準備好接受這些挑戰。學校需要讓學生寫得更多、讓他們及早擁有豐

3. 莎拉．弗里德曼（Sarah W.Freedman）、琳達．弗拉瓦（Linda Flower）、G. 霍爾（G. Hull）、J.R. 海耶斯（J.R. Hayes）：*Ten Years of Research: Achievements of the National Center for the Study of Writing and Literacy*，暫譯《十年研究：國家寫作與文學研究中心的成就》。加州柏克萊，美國國家寫作研究中心。1995 年。

富而多元的寫作經驗，才能讓他們有能力應付這些挑戰。

學生學習寫作所面臨的挑戰是持續不斷的。教師、作家及創新寫作教學法推動者蕭納西（Mina Shaughnessy）在其著作《錯誤與期待》（*Errors and Expectations*）中寫道：「很少人，即使是最有成就的作家，可以很有信心的說自己已經學成了寫作……寫作是作家永遠在學習的事情。」在紐約市立大學教授基礎寫作課程時，蕭納西是一位教育界的先鋒，率先提出教師應該注意學生在寫作上犯的錯誤，與學生被要求使用「學術語言」之間有密不可分的邏輯關係。她注意到學生在學習並接受最困難的寫作挑戰時，他們犯的機械性錯誤便會增加，不是拼字，而是選字、語法、修辭策略上的錯誤。但是這類錯誤，應該被視為一種成長，而不是退步。因為只有在企圖嘗試新的寫作技巧時，才會犯這一類錯誤。

她寫道：「學校與學校、教師與教師之間，對於精通寫作的定義有很大的差異。我們同樣關心最基礎的正確用字的能力，至於寫作風格，教師們則有不同的偏好。甚至對於一些寫作常見的錯誤，哪些錯誤更嚴重、更不能接受，教師彼此之間也有很大的歧見。」

但是，正如加州大學洛杉磯分校教授麥克·羅斯所說：「學習寫作並非一蹴可及，況且每個人的學習進度也不同。有效的寫作教學，應該給予學生能夠支持他們成長的回應。」

所以，教師應該就何謂「好的寫作」建立共識。如果同一所學校的教師，對於何謂「好的寫作」標準有很大差異，那學生就會產生疑惑，教師同僚之間也會發生誤會。多位受訪校長指出，教師之間對寫作程度標準的歧見，是開展全校一致的寫作課程的絆腳石。在低年級，由一位教師教授全部科目時，還不成大問題，但是到了中高年級，不同科目的教師之間（不是只有語文老師而已），對於怎樣才是「好的寫作」，應該達成共識，學生在寫本國語作文、外語作文、自然科學報告時，都應該以同樣的寫作標準來要求。中學校長克莉絲塔爾·英格蘭（Crystal England）在美國國家寫作計畫訪談中指出：「只有語文教師會負責寫作教學，科學教師只會期待新生寫出一篇精心研究、文法正確的實驗報告，卻不了解這些學生在過去讀小學的六年當中，可能從未學習如何寫一篇好的實驗報告。所以科學教師在拿到學生第一份實驗報告時就失望了，他們會怪語文教師沒有教好，或者怪小學教師沒有教好。其實在學校任課的所有教師，不論教什麼科目，都應該對學生的寫作能力負有責任。」

同時，學校應該發展出一套公平、確實的寫作能力評鑑制度。學生的寫作表現與成長很難評量，不只是因為大家的標準不統一，也是因為光靠一次考試，不能真正看出學生的寫作程度。作文考試可以用來衡量一所學校或一個學區在寫作教學上的成果，但是很難鑑別出個別學生的程度。研究指出，很多州的寫作評鑑制度根本沒有量化。教育家格蘭特・威金斯（Grant Wiggins）在其著作《教育評估》（*Educative Assessment*）中指出：「很多州的寫作評鑑制度，將好的寫作低估為是否切題，以及結構、文法、拼字正確與否，卻不考慮這篇文章本身是否有力，是否令人印象深刻，有說服力，或者動人。但這些才是人們閱讀的核心目的。」（關於寫作評鑑制度，本書第五章有更深入的探討。）

教師需要多元策略來教寫作。因為寫作牽涉到複雜的思考與解決問題的能力，教師需要不只一本教科書、一套教案，才能滿足不同學生的需要。過去，美國教育界對於讀寫教育的主張在兩派間拉扯：一派強調正規的寫作形式例如用字、文法、句型、體例等，另一派則強調文章的內涵如中心思想、表達方式、如行雲流水般的自然等。在今天的美國課堂上，多數教師主張兩者並重。

教師需要寫作訓練

寫作是一門複雜的技術，需要學習；教寫作也是。學校必須為所有科目的教師提供寫作教學的在職訓練。《十年研究：國家寫作與文學研究中心的成就》一書指出：「在校方或教育當局努力進行讀寫教育改革的同時，我們必須仰賴第一線的教師，做為達成改革目標最主要的貢獻者。如果我們希望學校成為教師發揮專業的場域，則教師本身的寫作能力也應該被列入考核其專業能力的標準之一。」

練習寫作的第一手經驗，可以幫助教師更加了解學生在增進寫作能力的過程中遇到的問題。新罕布夏州立大學教育系教授、寫作教學研究家唐納德・格雷夫斯（Donald H. Graves）認為，教師應該接受更多的寫作教學訓練。即使是在共同核心標準（詳見本書第五章）上路後，小學教師的訓練仍然偏重閱讀教學，只有少數州要求小學教師接受寫作教學法的訓練。高中教師則多不關心讀寫教學，儘管讀寫對各科目都有幫助，包括科學與數學課，但這些科目的高中教師都沒有機會將寫作應用在課程中。在多數學校，讀寫教育就只是教本國語文的教師的責任。但是，已經有不少走在前面的學區與學校，將寫作視為跨科際的教育，並且宣布提升學生寫作力是各科教師共同的任務，同時提供教師在職訓練。這種制度上的改變，成為推升寫作教學力的關鍵。美國國家寫作計畫在這個過程中扮演重要角色，培訓教師領袖的成效卓著——塔妮亞・貝克就是一名教師領袖。

我們需要寫作力，一方面是因為，不論是在學界還是業界，很難想像有任何一種能力，比寫作力更重要；另一方面，有很多人仍然以為寫作是一種特殊才能，只有受到特別好的教育或者特別有天份的人才能做到。有經驗的語文教師指出，這是一種迷思。其實，所有的人都可以學習寫，並且寫得好。對此，麻州州立大學英文教授皮特・埃爾伯（Peter Elbow）在《每個人都能寫》[4]一書中有很好的闡述：

- 每個人都有能力愉快而滿足的寫出很多東西，不需要太掙扎。
- 每個人都有能力釐清自己的想法，並且用文字呈現出來。
- 每個人都有能力寫出其他人想讀的東西。
- 老師可以為學生賦能，幫助他們喜歡上寫作，並且將寫作能力應用在生活中。

在提升寫作力的同時，閱讀力也會得到提升。讀與寫，是一體的兩面。

4. 埃爾伯：*Everybody Can Write*，暫譯《每個人都能寫》。紐約：牛津大學出版社。2000年。

教師需要多元策略來教寫作。因為寫作牽涉到複雜的思考與解決問題的能力，教師需要不只一本教科書、一套教案，才能滿足不同學生的需要。

CHAPTER

2

作文的第一課不是起承轉合

對馬里奧・奧雷利亞納（Mario Orellana）來說，十八歲的夏天令他永生難忘。那年暑假結束的時候，知名的《赫芬頓郵報》（*Huffington Post*）刊出了他的一篇文章〈Niño〉，Niño（西班牙文）就是「孩子」的意思。在這篇文章裡，奧雷利亞納憶述了他在瓜地馬拉的童年，以及他九歲那年隻身隨蛇頭偷渡到美國的往事。

是的，奧雷利亞納是一個無證移民。在九歲偷渡美國以前，他沒有上過學，不識字，只會說西班牙文。但在二〇一三年、他十八歲那年夏天，赫芬頓郵報竟然刊出了他以英文寫成的作品。這給了他莫大的鼓舞，他開始相信，有一天自己也能上大學的夢想，也許不只是夢想。

十八歲的奧雷利亞納，當時在紐約城市高中（New York City High School）就讀九年級。因為九歲才入學，他的體型一直都比同學高大，加上不諳英文令他自卑，他經常坐在教室最後一排，縮著身體。升上高中，他與同學之間的體型差距消失了，但是他已經養成了彎腰駝背的習慣。他的身材很瘦，膚色深濃，頭髮微鬈，臉上長著青春痘，是個不起眼的少年。

暑假來臨，他參加了一個「青春的聲音」（Youth Voices）寫作營，這是為期三週的寫作夏令營。寫作營的教師鼓勵學生通過寫作，發掘自己的聲音。參加寫作營的孩子，每天都要寫一點東西，可以是小故事、詩、或是短文。寫完以後，學生們讀彼此的作品，互相給建議，教師則從旁指導。有得意作品，也可以發表在寫作營的部落格（ttp://nycwritingproject.org/category/news/blog/），以得到更多回饋。

用文字為自己發聲

〈Niño〉（孩子）一文就是奧雷利亞納在寫作營完成的作品。他敘述自己出生於瓜地馬拉的一個小村莊，童年過得非常艱苦。母親生下他時僅有十九歲，與父親相差八歲。母親娘家很窮，她經常餓肚子，好讓弟弟妹妹們吃飽。她早早出嫁，希望減輕家庭負擔。父親來自「村裡最有錢的家庭」，但母親希望藉由婚姻減輕家庭負擔的願望沒有實現，反而經常遭到有暴力傾向的父親拳腳相向。後來，母親離家出走，有很長一段時間沒人知道她去了哪裡。直到奧雷利亞納九歲時，一名蛇頭出現在他瓜地馬拉的家裡，自稱被他母親高價雇用，瞞住父親帶他偷渡美國，奧雷利亞納這才知道原來母親早就隻身北上，逃往美國。經過艱困的旅途，母子終於重聚。老師把這篇文章寄給赫芬頓郵報，真摯的語言感動了編輯。九月的時候，這篇文章刊出了，下了一個副標題：「我與母親的團圓之旅」，配上一張奧雷利亞納的黑白照。

奧雷利亞納非常驚喜。「我們拉丁美洲最偉大的記者和作家－愛德華多．加萊雅諾（Eduardo Galeano）－曾說，科學家認為我們都是原子、空間、和物質做成的，但我們也是故事做成的。」他說：「我一直都是這樣想的，如果沒有這些故事，我這個人就什麼都沒有了。寫作讓我的故事被聽見，我的掙扎和情緒，都有了生命。」

奧雷利亞納參加的寫作營，是由紐約市寫作計畫（New York City Writing

Progect）所主辦。紐約市寫作計畫是美國國家寫作計畫的一個衛星站。在位於加州大學柏克萊分校的總部領導下，美國國家寫作計畫，長期透過在全美各地的一百八十五個衛星站，訓練教師、推廣讀寫教育。二〇一六年，全美共有三萬三千名中小學生，參加由國家寫作計畫衛星站舉辦的夏季寫作營。

以紐約市寫作計畫為例，每年夏天、通常是七月，會舉辦一個為期三週的夏季寫作營。期間學員每天早上九點到下午一點，聚集在紐約城市大學萊曼學院（Lehman College）的一間教室裡，動腦、寫作、討論。寫作營固定有十名教師，學員人數則不超過三十人，師生比為一比三。學員在寫作營的一天通常是這樣的：

- 早上九點到九點半是晨讀時間，讓學生讀任何自己想讀的東西：可以讀教師推薦的書單、可以帶自己喜歡的書籍來與其他同學交流、也可以低聲討論。
- 九點半到十點半是自由寫作時間，有時候教師會在教室裡放輕音樂，學生一邊聽音樂、一邊拿筆在紙上不受拘束的寫下任何興起於腦中的念頭。有時候教師會放一段短片，可能是祥和的風景畫片，也可能是爭議性的時事視頻，學生看完以後，寫下自己對影片的任何感想或聯想。

- 十點半在短暫休息後回到教室，從這時到中午十二點，是進行研究與完成「個人項目」的時間。學生們在夏令營第一週內，經過思考並與教師討論，決定一個「個人項目」，做為個人在今年寫作營結束時必須完成的目標，例如寫一篇小說、寫一部劇本、甚至是申請大學的自傳。之後每天用兩個小時的時間，在教師指導下，逐步完成該目標。
- 中午十二點到下午一點是討論與反饋的時間，以小組方式進行，學生輪流讀一段自己的作品，然後互相檢討、評論。

每個星期有兩天，教師會在教室裡待到下午三點鐘，指導有心完成額外工作的學生。去年有些學生想寫劇本、並嘗試拍攝，寫作營也特別聘請師資，指導這些學生完成拍攝和剪接工作。紐約市寫作計畫的目標是，經過寫作營洗禮的學生，未來就算沒有教師近身指導，也有能力自己發想題目、完成作品。

奧雷利亞納在九歲以前，不會寫字也不懂閱讀。他的成功，說明有效的教育，可以真正提升學生的讀寫力，培養他們成為犀利的讀者、優秀的作家。

制定有效的讀寫教育策略，是一門複雜的學問。半世紀以來，美國的寫作教育未能在校園好好的開展，部分原因是強調文法、拼字等基本技能的一派，與強調構思、起草等寫作過程的一派，拉鋸不休；另有部分原因是由於像奧雷利亞納這種母語並非英語的少數族裔背景的學生愈來愈多。二〇一四年，美國公立學校的少數族裔學生人數，首度超過學生總人數的一半，從少數變成多數。時代在變、文化在變，美國的讀寫教育也必須跟進、變革。

近四十年來，美國學界進行了大量關於讀寫教育如何進步的研究，得到很多結論。這些年來，不斷有新觀點產生，這些新觀點改變了美國教育界對讀寫教學的認知，以及在課堂上進行讀寫練習的方法。這些研究中，有些關注寫作的過程以及專業作家的寫作訓練，並探討這些知識可以如何被應用於課堂上，有些則關注語文活動及教室外的大環境如何影響學童在校內的學習。本章擇要介紹這些研究，並探討在早期讀寫能力發展的過程中，閱讀力與寫作力之間重要的連結，以及美國教育界對於學齡前幼兒早期讀寫發展的認識。

兩派教學法的拉鋸

寫作是怎麼被傳授的？直到一九七〇年代，多數英文寫作教育都強調下列這些技能：認識字母、拼寫單字、識別詞性、照樣造句、熟悉文法規則與標點符號、根據教師指定的文體範例與寫作風格，模仿著寫出一段文字。這種注重拼字、文法等基礎技能的教學法，很大程度是「成果導向」；也就是說，關注學生寫成的東西，但是並不注意他們寫作的動機以及寫作的過程。

文學理論家詹姆士・柏林（James Berlin）曾指出，這種講求「正確性」的作文教學法及評量標準，是源自十九世紀的語文發展典範，當時的教育理論普遍強調記憶與技能的訓練。當時的語文教育理論也認定，在學習寫作之前，應該先學閱讀；並且認為寫作教育應該注重文章的外在形式（用字及文法）及避免錯誤。

正如加州大學洛杉磯分校教授麥克．羅斯在《可望生活：公立學校教育給美國人的承諾》[1]一書中指出，在二十世紀初葉，作文課普遍的評分方式，量化並計算錯誤，例如寫錯一個字就扣一分，但犯錯的原因很少被注意到，遑論去考慮「嘗試錯誤是寫作者成長的重要過程」。

這種教學法的優點，是可以幫助理解語言並提升語文基礎知識與技能。但是這種寫作教學法很有局限性，過度在意機械性錯誤，卻忽略了更多寫作的可能性，例如透過文字與社會連結，以及以文字做為溝通與批判性思考的手段。這種教學觀，猶如以為「只要熟背交通法規以及駕駛手冊，就能自動學會開車了」。當然，交通法規跟駕駛手冊可以幫助新手駕駛減少錯誤，幫他們通過駕照筆試，卻不能取代真正坐在駕駛座上、在各種路況下操作方向盤的經驗。新手駕駛當然還是要實際上路練習，最好有個指導員坐在副駕駛座上，這才是學會開車最好的

1. 麥可．羅斯：*Possible Lives: The Promise of Public Education in America*，暫譯《可望生活：公立學校教育給美國人的承諾》。紐約：企鵝出版社。1995年。

方法。這個道理很簡單，但幾乎整個二十世紀，寫作教學一直被上述機械性的教學法所主導。以一九三〇年發表於《英文期刊》(*English Journal*)的一篇論文為例，該文作者萊拉．柯爾．百里西（Luella Cole Pressey）主張：**「百分之九十的學生需要了解的寫作技巧，都可以歸納為四十四個英文作文原則。」**她甚至建議把這四十四個技巧分散於二年級到十二年級之間教學，這樣學生每年只需要熟悉四到五個技巧。

直到最近，美國許多高中的寫作課，仍採注重拼字、文法等基礎技能的「成果導向」教學。中學語文教師、東密西根州寫作計畫（Eastern Michigan Writing Project）召集人茱莉．金恩（Julie King）在與美國國家寫作計畫的訪談中憶述自己學習寫作的經驗，她是這樣說的：

「我還記得那堂所謂『作文課』，每個星期我們都要寫一篇五百字的作文。我們寫各種文體：敘事文，描述文，比較文，論說文……。我們在星期一拿到作文題目，但教師很少與我們討論這些題目，也很少說明他希望我們寫些什麼。大部分的時間都在聽教師講解句型以及段落結構，可是我們很少有機會把這些運用到真正的寫作上，教師卻堅信，我們以後自動就會使用這些知識。我們的確學到一些『公式』，比方說寫論文的時候要有三個部分：第一段破題，第二段論述，第三段結論。然後，下個星期一，我們把寫好的作文繳出去，同時拿回上週繳的作業，上面會有一些紅色的記號。每個紅色的記號代表一個錯字。我們要把每個錯字訂正好，把正確的字練習寫十遍。」

這種傳統作文課漸漸在改變，因為近年來，愈來愈多教育家提倡重視構思與起草的「過程導向」寫作教學。長期以來，許多研究者質疑，只教文法、用字以及標點符號的寫作教學法，不能讓學生寫得更好。這個問題最早獲得重視，是由於一九八五年美國國家教育學院（National Institute of Education，隸屬於美國政府衛生及公共服務部）提出突破性的報告《成為閱讀者的國家》[2]，這份報告指出：

2. 委員會針對閱讀所做的報告*Becoming Nation of Readers*，暫譯《成為閱讀者的國家》。華府：教育部暨國家教育學院。1985年。

「強調文法的教學被認為有道理，是基於它能提升學生寫作能力的前提……。但是，熟悉文法就能良好的使用語言，卻是錯誤的假設。這也許就是為什麼，過去十五年來的經驗顯示，儘管我們一直致力於文法教學，學生的寫作能力幾乎沒有進步。研究指出，唯有讓學生寫得更多、且針對特定讀者、從事更多有具體溝通目標的寫作，他們才能夠更進一步學習到一些寫作細節──例如標點符號或動詞與主詞的一致等文法規則。目前學校讓學童練習寫作文的時候，都沒有給學童一個溝通的目標或溝通的對象。我們應該要注意到這一點：作文應該有是有中心思想、有目標讀者群的。」

新概念的寫作教學

這份突破盲點的報告，所要傳達的重點其實只有一個：寫作的第一課，不是起承轉合，而是認識讀者。所謂的「認識讀者」，是指在練習寫作時，學生應該是在對或真實、或假想的特定對象發表自己的意見。讀者可能是自己（寫日記的時候）、朋友（寫信的時候）、教師、學校或社區裡的同儕。

數十年來的研究顯示，僅僅強調拼字與文法等技術的教學法，不能提升學生的寫作能力。一九七〇年代初期，珍妮特．埃米（Janet Emig）和唐納德．格雷夫斯等學者，開始研究一篇好的文章究竟是怎樣寫成的。他們的研究法深受珍．皮亞杰（Jean Piaget）與列夫．維果茨基（Lev Vygotsky）等人所主張的社會認知發展理論的影響，該理論特別強調社會文化是影響學童認知發展的重要因素。埃米深度訪談高中生及專業作家，格雷夫斯則以直接觀察年輕學生的寫作，來進行研究。

他們研究的目的，是為了探討「培養一個作家」的意義，並且了解人們在寫作時心智會產生哪些活動，以及他們怎樣學習寫得更好。他們的研究成果指出了學習寫作的幾個階段：預寫、起草、修改、編輯。他們也企圖去了解寫作應該從何著手：一個好的作者怎麼樣選擇題目，決定寫範圍，一篇文章怎樣從一個初步的、朦朧的主題思想，變成一系列有組織的、連貫的、優美的文字。

「作文的過程，始於一個念頭的興起，終於這個念頭被完整的寫成文章、或者被放棄。在這當中，作者做的每一個步驟，都是寫作的一部分，這些步驟沒有特定的順序。」新罕布夏州立大學教育系教授、寫作教育研究家唐納德·格雷夫斯說：「所以，教學生按照特定的公式（例如起承轉合）來寫文章是無效的。一個好的作文教師應該做的，是幫助學生尋找靈感；也許是日常生活中的一個機會，也許是一篇燃起你心中強烈感想的文章。我仍然堅持，如果孩子們一個星期不至少練習寫三篇文章，他們的寫作能力就死了，他們很難成為寫作者。提供學生頻繁的機會練習寫作，即使不在作文課堂上，學生也會思考關於寫作的事情。我把這叫做持續構思。」

埃米與格雷夫斯的後續研究發現，學習寫作有助發展高階思維，包括分析、綜合、評估、解釋等能力。寫作最難的部分，也是它最好的部分：讓學生不只是遵循固定的模式學習、像鸚鵡般複述訊息，而是重新組織、加入自己的見解。在寫作過程中，學生也要學習質疑自己的假設，進行批判性的反思，考慮對立的主張與意見。芝加哥大學教育系教授小喬治·希洛克斯（George Hillocks）主張，從教學的觀點出發，寫作應該是一種「查找」（Inquiry，詳見本書附錄）——問對問題、找出答案。國家寫作計畫繼承希洛克斯的觀點，直到今天仍積極推動「以查找為基礎的教學」（Inauiry-based teaching）。

「事實上，以查找為基礎的教學，在今天更為重要。」國家寫作計畫課程主任塔妮亞．貝克說：「因為這是一個資訊爆炸的時代，我們不怕找不到資料，怕的是找到假資料。查找的技巧，可以幫助教師和學生判斷哪些資料是可信的。」

好的寫作課程大綱，應該要結合「查找」的技巧：搜集資料、評估證據、比較不同案例、找出其中異同，然後解釋證據為何支持或不支持某一觀點，提出假說並釐清其中的邏輯，從自己也從他人的觀點出發來考慮事情。希洛克斯教授認為，正因為要進行這些批判性思考的練習，寫作課應該是所有科目中對學生影響最大、最深遠的科目。

有明確動機、應用查找技能的寫作教學，讓教師將注意力重新放回寫作內容上，而不只是注重文法拼字。希洛克斯在其著作《以寫作為反思過程的教學》[3]

中指出，作文教師應該幫助學生培養兩種知識：一是能夠建立作文內容的查找技巧，二是靈活運用各種文體的表達技巧。在各學門、各領域的批判性讀寫中，這兩種技能都是不可或缺的。例如，很多教師有感當前中學及大學學生的作文經常論述不清、沒有說服力。他們常見的問題，包括提出的主張沒有根據、不能提出足夠證據支持自己的論述、把個人意見當作科學證據。

十個寫作教學策略

查找的技能，讓學生有能力構建出一套論述，有條有理的列出證據與觀點，說服讀者。問題是，要怎麼教會他們查找的技能呢？多數學生需要一些參考的範文，以及直接來自教師的指導。他們也需要學習先建立文章的架構，學習在下筆之前先擬好大綱，根據大綱，他們腦海中應該有一個關於這篇文章組織的藍圖，並據此一步步求證、提出證據，實際運用查找的技能。關於這一點，美國國家教育進步評估（NAEP）暨教育考試服務機構（Educational Testing Service）的研究有舉出實例（將在下一章詳述），同時，致力推廣跨科際寫作教育的西雅圖大學寫作計畫主任約翰・伯恩（John C. Bean）在其著作《導引思想》[4]中，提出十個批判性思考與查找性寫作的教學策略，各科教師都可以靈活運用（見下頁）。

不分年級、不分科目，伯恩的這十個策略都可以用上。運用的方式，可以做為隨堂練習、回家功課、小考題目、分組作業，甚至可以做為課堂活動，讓全班一起討論。

3. 小喬治・希洛克斯：*Teaching Writing as a Reflective Process*，暫譯《以寫作為反思過程的教學》。紐約：師範學院出版部。1995 年。

4. 約翰・伯恩：*Engaging Ideas*，暫譯《導引思想》。舊金山：Jossey-Bass 出版社。1996 年。

十個批判性思考與查找性寫作的教學策略：

一、出作文題目時，要考慮到讓學生有機會連結課堂上新學到的知識，以及生活中的經驗，或是過去已經學過的知識。

二、要求學生練習將課堂上學到的新知，用自己的語言，傳授給別人。

三、找一些在本科領域裡有爭議的論文，讓學生研讀，並在課堂上分為正反雙方進行辯論。

四、讓學生就特定議題發表意見。

五、給學生一些原始資料，例如圖表、數據、表格等，讓他們根據這些資料寫成一篇論說文。

六、用一個開放性的問句做為文章的起頭（例如：我如何看待廢除死刑？），讓學生根據這句話，寫出一篇短文，文章要有清楚的結論以及支持該結論的種種細節證據。

七、讓學生「角色扮演」，從不熟悉的觀點出發來做論述，例如「我是小狗，我認為……」、「我是外星人，我認為……」。

八、選一些本科目領域裡重要的文章，讓學生研讀並練習寫摘要。

九、找一個本科目領域裡有爭議的話題，讓學生創造兩個持相反觀點的角色，練習寫一段這兩個角色的對話。

十、編造一個衝突或困難發生的場景，讓學生想像，他們若是處在這樣的情況下，要如何達成共識或解決衝突。

構思、演繹、檢閱

受到自一九七〇年代興起的認知發展理論影響，近來很多與教育有關的研究，都強調要教學生如何思考、用邏輯與推理來解決問題，對所有的科目都要進行批判性思考。在讀寫教育方面，這個觀點同樣應該強調，讓學生調整他們寫作時的思考模式。此外，多數研究支持寫作是有遞歸性的（recursive，詳見本書附錄），也就是以相似方法重複事物的過程，因此，寫作過程不是線性的，而是以構思、演繹、檢閱為主軸，週期性的、循環的進行與開展。

- 構思：發想主題，確定目標，組織題材。
- 演繹：將想法轉換為文字。
- 檢閱：複審並改寫。

這個重複的過程，不一定按照固定順序來循環，即使是很有經驗的作家也一樣。依作文的主題、目標讀者群的不同，作者可能會在寫作過程中改變目標，或創造出新的目標。

寫作的過程，是作者與文章的角力。很多作者直到寫好草稿之前，都還不確定文章的主題。少數專業作家可以從主題句或大綱開始，多數會嘗試好幾個版本的草稿並經過多次改寫與編輯。普立茲得獎作家特雷西・基德（Tracy Kidder）說：「我寫作，是因為除非我把一個想法形諸文字，否則我都不知道我在想些什麼。」跟他一樣，很多專業作家都承認寫作不是能在短時間內精通的，而是終身的學習。過程中必須適應不同的目的與背景，持續修正自己的技能。把寫作當做一種查找、一種發現的概念，對各科目的學習都有重大意義：因為寫作不應該被侷限於語文課，而應該廣泛被應用於數學、科學、歷史、美術各個科目。

正如邁阿密大學英文寫作教授湯姆・羅馬諾（Tom Romano）在其著作《清出一條路：與少年作家合作》[5]中所寫：「教師可以讓學生藉由寫作，去發掘、創造、探索他們的思想，深掘他們既有的知識，培養智能上的獨立，揣度各種的可能，挑戰困難的概念，並在所有的科目上運用他們的想像力。」

不論是在幼稚園還是在大學，在一個好的作文教師班上，都要有機會運用並磨練查找、起草、改寫、編輯的技能。前面所介紹的寫作教學相關研究，影響寫作教育甚鉅，但還不能完全解答美國教育界面臨的許多基本問題。自一九八〇年代起，美國中小學校園裡，學生的年齡、文化背景差距漸大，這種現象在郊區學校更是明顯。馬里奧・奧雷利亞納就是典型的例子。他九歲才入學，入學時既不識字也不會說英文。類此現象衍生許多關於校園文化的討論。語言人類學家雪莉・布萊斯・西斯（Shirley Brice Heath）的著作《語言的用法》[6]就詳述，少數族裔及低收入家庭，他們在寫作及口語習慣方面，無法融入美國主流文化，這些家庭的子弟，很難達到學校的語文程度要求。這些學生在語文方面的低成就，無關他們的認知能力，而是家庭文化與學校文化之間的落差造成的。西斯及另一位學者約翰・特姆布爾（John Trimbur）把這種現象稱做寫作教育的「社會轉變」。

5. 湯姆・羅馬諾：*Clearing the Way: Working with Teenage Writers*，暫譯《清出一條路：與少年作家合作》。新罕布夏州：海尼曼出版社。1987年。

6. 雪莉・布萊斯・西斯：*Ways with Words*，暫譯《語言的用法》。紐約：劍橋大學出版部。1983年。

尊重學生的文化差異

許多美國當代的社會文化研究，聚焦於家庭語言與學校語言之間的衝突性，其中一些研究有令人驚訝的發現。例如學者丹妮．泰勒（Denny Taylor）與凱瑟琳．多西加恩斯（Catherine Dorsey-Gaines）發現，大都會的少數族裔家庭，不論是文字還是口語的語言使用，其實豐富多樣。他們的孩子在學校面臨的困難，往往並非由於學生在家裡跟學校講不同的語言，而是由於貧窮、資源匱乏以及學校教育的不足造成的。

這個研究對於學生的語言發展，提出新的觀點，提醒了美國教育界，語言的使用並不只是一種思考活動，同時也是一種社會活動、一種文化活動。正如心理語言學家詹姆斯．保羅．吉（James Paul Gee）所指出，讀寫能力，其實不只是學習讀和寫而已。學生的寫作力是在語言環境（或稱「語境」）下發展。語境是一套社會固有的價值、信仰、規範，行為系統。學生的寫作與閱讀，是他們身分認同的一部分，揉合了「口說」、「手寫」、「價值」、「信仰」。校園中學童的語言是如此，社會上各行業人士的語言也是如此，醫學界、教育界、工程界……，各行各業的人都有自己的行話。

亞利桑那州立大學語言與文化學教授路易斯・莫爾（Luis Moll）也在〈社區及教室裡的讀寫研究〉[7]中指出：「讀寫是一種使用語言的方式，而其目標是多樣性的，不但有知識性的意義，也有社會文化的含義在其中。」

尊重來自不同文化與身分認同的學生，可幫助教師更有效、更敏銳的教育不同語言背景的孩子。近二十年來，有關學習英文的研究發現，在學習新的語言時，不但是在學習新的文法系統，更是在學習一種新的身分認同。只有在學生不排斥這種新身分時，寫作教育才會成功。夫妻檔學者大衛・弗里曼（David

7. 路易斯・莫爾：*Literacy Research in Community and Classrooms*，暫譯〈社區及教室裡的讀寫研究〉。收錄於 *Multidisciplinary Perspectives On Literacy Research* 一書，暫譯《從跨學科的觀點看文學研究》。伊利諾伊州：全國英語教師委員會出版。1992年。

Freeman）與伊文．弗里曼（Yvonne Freeman）的著名研究《兩個世界之間：習得第二語言》[8]得出以下結論：**「有效的學校教育，設計課程時應同時考慮到學校及社會兩個層面，並且兼顧少數族裔學生的需求。」**

說到考慮學校及社會兩個層面，主要的挑戰應該是在考慮「社會背景」。弗里曼夫婦的寫作研究告訴我們，學習寫作不但牽涉到查找、起草、改寫、編輯的過程，而且也織起一面學生與其同儕、家庭生活、社會文化之間的關係網，聯繫起學童的家庭與社會文化。這個研究讓學界知道，好的寫作教育，不但能促進學生的學業成就，也能激發文化認同。

加州州立大學柏克萊分校教育系教授莎拉．弗里德曼（Sarah W. Freedman）、伊利諾州立大學文學教授安妮．哈斯．戴森（Anne Haas Dyson）、卡內基梅隆大學英文教授琳達．弗拉瓦（Linda Flower）、加州大學聖塔芭芭拉分校語言學教授華萊士．沙菲（Wallace Chafe）等四位學者合寫的論文《寫作的研究》[9]就指出：**「雖然我們對『有效』與『無效』的課堂環境都有所感受，但是面對這麼多**

元的人口組成，我們還需要去了解課堂活動的社會與認知維度，以及不同語文背景的學童對這些活動的反應。只有這樣，我們才能了解有哪些施力點，可以為學生創造更舒服、更有效的課堂環境。」

心理學家及教育改革家約翰・杜威（John Dewey）也曾說：「從學童的觀點來看，學校教育最大的浪費，就是課程不能讓學生把教室外的經驗自由且充分的應用在課堂上；另一方面，學生又不能把他在學校裡學到的知識應用在日常生活裡。」

孩子應該何時、又該如何開始學習寫作呢？早期學校對於讀寫教育有一個先入為主的觀念，就是學習寫作之前，要先學習閱讀。這個觀念，自一九六〇年代

8. 大衛・弗里曼、伊文・弗里曼：*Between Worlds: Access to Second Language Acquisition*，暫譯《兩個世界之間：習得第二語言》。新罕布夏州：海尼曼出版社。1994年。

9. 莎拉・弗里德曼、安妮・哈斯・戴森、琳達・弗拉瓦、華萊士・沙菲：*Research in Writing*，暫譯《寫作的研究》。國家寫作與文學研究中心出版。1987年。

起就根深柢固。很多學者主張「同時學兩樣東西對小孩來說太多了」。但當時加州大學柏克萊分校教育學院院長戴維・皮爾遜（P. David Pearson）卻認為，寫作本身就是閱讀教育重要的一環。他的主張得到美國國家科學研究委員會（National Research Council）的支持。該組織出版的《預防幼兒閱讀困難》[10]，大量引用皮爾遜的觀點：

「學童從小學一年級開始，就嘗試不同型態的寫作。他們塗鴉、使用不連續的字母串、用圖畫來表現他們讀過的故事。當成人問他們想寫什麼的時候，他們都能不同程度的表達出自己的意思。在這個年紀，他們已經都能按照自己的本意，反覆琢磨表達己見的方式，雖然他們的『寫作』，不一定能被成人讀懂。隨著他們逐漸精通文字，他們會歷經許多階段，學會採用通用的語言來表達自己的意思。」

寫作可從學前開始

皮爾遜認為，學習閱讀與學習寫作，兩者之間有一種「協同關係」，而因為這種協同關係，從孩子幼稚園起，就應該開始教他們寫作。其他觀察早期讀寫教育的學者，也提出提前教寫作的理由。戴森針對早期讀寫學習的研究指出，兒童用來展示他們的想法以及與他人互動的方法，包括塗鴉創作、演戲、說故事等，兒童在學會拼字、造句以及使用段落以前，就可以用塗鴉表達出自己的想法，這些塗鴉就是最早的寫作。贊成此一觀點的教育者及研究者解釋，寫作教育始於學前教育，任何產生內容的學習活動，都是寫作教育的一部分，小小孩就可以學習用不同的方式，來探索、表達自我、與人溝通。這就是最早的寫作教育。

很小的小孩就可以學習畫圖、說話，來建立最初的寫作能力。戴森與弗里德

10. *Preventing Reading Difficulties in Young Children*，暫譯《預防幼兒閱讀困難》，https://www.nap.edu/catalog/6023/preventing-reading-difficulties-in-young-children。

曼都觀察到：「小孩會認字，就像他們會認圖，他們很早就學會，文字跟圖畫一樣，是表達思想的一種方式。事實上，小孩把文字視為和圖畫類似的東西，他們解讀文字就像解讀圖片一樣。他們也許把文字視為一種符號：他們可能還不會用文字寫一篇演講，但是他們可以輕易的把特定文字與特定的人、物件、或是名字聯繫起來。」

兒童的寫作能力發展，也與他們所處的實際社會環境有關，當他們發現語言的社會及實用功能時，他們就能寫得更好。他們會從社會互動中，發現文字的實用性。例如，弗里德曼領導的研究指出：「當小學教師依循最近寫作研究的建議，開始引導學童針對真實的讀者、因為真實的理由、分享真正的想法來寫作，並且依賴這些真實的讀者（例如教師或同學）來得到真實的回饋，他們就能寫得更成功。」

這些對於早期讀寫能力的觀點，反映出學界對閱讀與寫作的全新認識：閱讀與寫作的學習，是交織在一起、密不可分的。阿肯色大學教育改革系教授桑德拉・托茨基（Sandra Stotsky）經過長達十五年對閱讀教育與寫作教育的研究，得出以下結論：

- 愈好的寫作者，通常也是愈好的閱讀者。他們能更好的檢視自己的作品，也能更好的理解別人的作品。
- 愈好的寫作者，讀得愈多。愈差的寫作者，讀得愈少。
- 愈好的閱讀者，愈能創造出成熟的作品。愈差的閱讀者，愈容易犯文法及拼字上的錯誤。

閱讀與寫作之間的關聯是什麼？加州州立大學弗雷斯諾分校文學教授、聖華金谷寫作計畫主任蓋爾・湯普金斯（Gail E. Tompkins）在其名著《二十一世紀的讀寫教育》[11]中指出，寫作練習，至少可以在三個方面幫助學生讀得更好：

11. 蓋爾・湯普金斯：*Literacy of the Twenty-First Century*，暫譯《二十一世紀的讀寫教育》。紐澤西州：梅里爾教育出版。2011年。

一、閱讀者與寫作者，使用的知識性策略是一樣的。包括組織題材、駕馭文字、提出問題、修改原意。學童通過閱讀與寫作活動，同時發展上述能力。好的閱讀者和差的閱讀者之間最大的差別，是他們使用的策略，而非他們使用的技能。

二、閱讀力與寫作力發展的過程是類似的。例如，過程中的第一步，都是激活既有的知識，決定好一個目標。因為這兩者的發展過程是如此類似，學生是同時由讀和寫學習語文的概念。

三、學童在閱讀與寫作時，使用很多相同的技能。拼字就是很好的例子。學童使用拼字能力來「解碼」，並成為優秀的閱讀者，同時也用拼字能力來「製碼」，學習寫作。

許多研究，包括美國國家教育評估閱讀報告，都指出，閱讀能力的發展不是獨立發生的，學童同時發展閱讀、聆聽、口語、寫作的能力。相關研究已經說服許多教育者，整合閱讀與寫作，對於早期讀寫能力的發展有多種益處。

讀與寫的協同關係

關於閱讀與寫作的協同效應，戴維．皮爾遜有深入的研究。皮爾遜曾任加州州立大學柏克萊分校教育研究所所長，是美國學界公認的讀寫教育及教育改革權威。他並曾主導兩個全美知名的讀寫研究機構：伊利諾州立大學閱讀研究中心、密西根州立大學早期閱讀成就促進中心。皮爾遜接受美國國家寫作計畫訪談時，指出閱讀與寫作的協同效應，能帶給課堂讀寫活動很多啟示。

「寫作在早期閱讀力發展中扮演著一個核心的角色，」皮爾遜說：「我們看見愈來愈多學習寫作與學習閱讀之間的協同效應。」他解釋，在最初步的階段，年紀還很小的學齡孩子，開始學寫字時，如果被鼓勵按照聲音拼出單字，他們就會意識到聲音與文字之間的關聯，而且精確的把特定的聲音與文字聯繫起來。然而，皮爾遜認為，寫作是一種更隨意、更不費力、更自然的學習文字的方法。而且，寫作不單單只是認識單字而已，還有其他的功能性任務，所以更有趣。這是讀與寫之間的第一種協同關係。

第二種協同關係是，在閱讀時，是從文字推知其發音；在寫字時，則是依據發音寫下文字；這兩者之間有很多重疊之處。就語文學習來講，對小小孩而言，拼字比認字還簡單、容易掌握。

另外，讀寫之間還有些不那麼明顯、結構與概念上的協同關係。當你讓孩子寫故事時，他們自然會想起自己曾經讀過的故事。這是寫作幫助孩子閱讀的一個例子。孩子會用他們曾經讀過的故事做為範本，來創造新的故事。從寫到讀是如此，從讀到寫也是。孩子會模仿曾讀過故事的結構來寫自己的故事，在讀的時候也因此會更仔細觀察文章的布局。同時學習讀和寫的孩子，在讀的時候更專注，也更能從閱讀中得到啟發，只讀不寫的孩子則不會有這種收穫。從書上讀到「從前從前……」、「……從此以後過著幸福快樂的日子」，跟自己寫一個以「從前從前……」開頭、「……從此以後過著幸福快樂的日子」結尾的故事，給孩子的衝擊是完全不同的。自己練習寫過某一種文體，以後再讀到同樣文體的文章，就更有體會了。

另一方面，寫的時候，速度慢下來，會讓人有時間細細檢視文句。「我從以英語為第二外語的學生身上觀察到這一點，」皮爾遜說：「寫作練習比閱讀練習更能讓學生仔細觀察文句。」如果想仔細檢視一種語言的用法，讀比聽更容易，寫又比讀更容易讓人專注。

有效的寫作策略，例如讓學生練習修改彼此的文章，也有助學生的閱讀能力。當學生閱讀、修改彼此的文章時，他們應該要問：「作者想要表達什麼呢？」「作者表達得好嗎？」以及「作者怎樣寫可以表達得更好呢？」而這些問題，恰好也正是讀者從事批判性閱讀時所應該問的，去認識作者，去理解作者的本意及動機。為什麼會有人這樣主張呢？為什麼要採用這樣的方式來表達呢？當教師讓學生這樣練習修改彼此的作文，就是讓他們同時練習寫作和批判性閱讀。這也是讀寫之間重要的協同關係之一。

另一個明顯的協同關係是，每個學生在課堂上寫的東西，都會成為另一個學生在課堂上的讀物。這樣做，會給學生一個很棒的期待：我寫的東西有人讀，而不只是寫來應付作業或是滿足教師而已。這也告訴學生，在課堂上，寫得好不好的標準，不是教師的一言堂，每個人都可以對別人的作品發表意見。為真正的讀者，寫真正的文章，這才是好的寫作練習。

所以，這些是學習閱讀與學習寫作之間的協同性：首先學習文字與發音之間的關係，其次學習文字之間的關聯性，然後學習「語用學」，即語文的意圖與目的以及與讀者之間的關聯。「如果我要為小學一年級甚至幼稚園的學生設計一個閱讀與語言藝術課程，」皮爾遜說：「我會安排他們每天都有一段練習寫作的時間。一開始也許每天只需要十到十五分鐘。學生可以練習組織文句：有時候獨立作業，有時候兩人一組，有時候全班一起創作。」教材方面，皮爾遜說，他會交叉運用單字、短句、簡單的小故事等，讓學生練習閱讀、拆解、改寫。

讀寫協同的課堂實例

閱讀與寫作之間的協同性，不只是理論，而是全美各地中小學教師早就帶進課堂裡實作的原則。兼任密西西比州立大學附設寫作與思考機構主任的小學教師雪莉・斯溫（Sherry Swain），就是一個實踐者。她在小學一年級的教室裡，綜合讀、寫、文學評論教學。

斯溫讓小學一年級的學生自由閱讀他們想讀的東西，然後在日誌裡寫下他們讀了什麼。在課堂上，她讓每個孩子大聲朗讀自己的日誌。讀完以後，教師會給每個孩子一些評語或意見。斯溫注意到，很多孩子在朗讀的過程中，可能發現自己拼錯字或漏字了，他們會主動訂正。他們在朗讀的過程中，也可能發現有些句子不通順、不容易被別的同學聽懂，他們也會自己修正。這就是小學一年級學生的改寫及編輯練習。練習完以後，斯溫讓學生分成小組，然後每個學生把自己的日誌讀給同組同學聽。當孩子們分享彼此的日誌時，他們會討論彼此讀的東西，會評論哪本書好笑，哪本書讓他們想起自己的個人經驗，或是讓他們想起曾經讀過的另一本書。斯溫讓他們自由討論。在這個階段，小學生逐漸學會如何去欣賞一篇文學作品。

斯溫也會引導學生做一些思考，例如這篇作品有沒有用韻？她也鼓勵學生發表個人意見，例如，「你覺得這篇作品跟你有什麼關聯？」「你覺得你從這個故事裡學到什麼？」斯溫會把學生的討論以及對作品的反應，條列在黑板上，讓學生看到討論的成果。她也要求學生用自己的話把故事重新講一遍，或者要求他們去猜想這篇作品的作者是什麼人，不讓學生的感想永遠停留在「我讀了這本書」、「我喜歡這本書」的粗淺階段。

斯溫是一個對寫作有熱誠的教師。一九七五年，《新聞周刊》刊出轟動一時的社論文章〈為何強尼不會寫作？〉，引發熱烈討論，激發許多有熱誠的教師投身寫作教育、學者投身寫作教育研究。很多支持寫作教育的學者，提出「寫作過程」的策略，很多教師遵循其策略，讓孩子按照自由寫作、起草、編輯的程序，最後完成作品，這種教學法已經風行了數十年。但是，美國的讀寫教育與時俱進，四十年後的今天，當年提出理論引發風潮的學者，如唐納德．格雷夫斯等人，紛紛提醒教育界：寫作的過程不是固定的。作者應該要找出最適合自己的寫作過程。另外一個對寫作過程教學法的普遍誤解是：思想才重要，文法拼字不重要，學生可以自習文法拼字。加州柏林格姆一位高中教師吉姆．伯克（Jim Burke）創辦了寫作教育電子圓桌論壇（http://englishcompanion.ning.com/）供全美各地的英文教師交換教學心得，並把自己的心得寫成《英文教師的夥伴》[12]一書。他在書中談及這個問題：

「美國各州都在起草立法，建立重新強調語法教學的課綱標準。有此需求，是因為大學與企業界對學生及新進員工缺乏正確的文法觀念感到挫折，有些人相信這是因為高中教師在教作文時不夠重視文法，但其實教師絕對不應該聲稱文法不重要。我們應該告訴學生的是，在開始寫作時，盡量去發想點子，稍後在改寫與編輯時，再來檢查文法跟用字。但這樣還不夠，如果學生沒有被要求成品的正確性，他們就不會看到正確用字的重要性。這就好像數學教師告訴學生『只要過程正確，就算答案算錯了也沒關係……』這樣是不對的。文法本身對學生構思寫

12. 吉姆．伯克：*The English Teacher's Companion*，暫譯《英文教師的夥伴》。新罕布夏州：博因頓／庫克出版社。2012年。

作並沒有什麼幫助，但是了解正確的文法，能夠幫你更好、更精確的表達自己的意思，讓你更有機會成為好的作家。正確的文法與清晰的邏輯，在一篇好文章裡是很重要的。」

教育家麗莎．德爾皮（Lisa Delpit）則質疑，目前美國中小學的寫作教學不夠深入，尤其不能照顧到少數族裔學生的需求。德爾皮提出「缺少教學」（underteaching）的問題：教師面對能力低落的學生，不去改變教學策略，卻是減少授課內容。德爾皮在《別人的孩子：教室裡的文化衝突》[13]一書中寫道：「**缺少教學，可能是因為寫作技能的缺乏，也可能是因為對寫作過程不熟悉。**」她說明，一方面，脫離語境，只專注在技能上的教學，對低成就的學生來說，既無聊又沒有意義，尤其他們已經受夠了強調基本操練的教學，這些教學並沒有給他們機會去動腦、去解讀他們讀到的文章。另一方面，當強調寫作過程的教學法只專注在讓學生「找到自己的聲音」，不斷讓學生練習打草稿，卻沒有好好修正他們的文法、拼字，並好好完成一篇作文時，這些低成就的學生，也許永遠沒有機會學到正確的文法。文法規則，是所有學生都應該去熟悉的。

德爾皮同意寫作教學應該專注在真正的寫作任務——為真正的讀者寫真正的文章上。她認為要求文法正確，並不會壓制學生的創意，重視標準英語，也不是輕視少數族裔學生的母文化：

「對於非裔或其他少數族裔學生來說，英語技能是必要的，但他們在這方面經常是不足的。學生需要基本的語言技能來打開學習的大門，他們也需要能夠在這扇門內，進行批判性的、有創意的、有意義的、自由的思考。毫無疑問的，一個有語言技能但卻不能獨立思考的弱勢族群人士，很容易變成一個聽話的、能被主流社會所用的工具人，僅是整個國家機器上的一點潤滑油，幫助這個機器運作得更順暢。另一方面，一個能夠獨立思考、卻沒有語言技能的人，會被主流社會排除在外，困守社經地位的最底層。是的，如果少數族裔或弱勢學生要做出改變、真正促成階級流動，他們一定要既具備主流語言的技能，又能獨立而有創意

13. 麗莎・德爾皮：*Other People's Children: Cultural Conflict in the Classroom*，暫譯《別人的孩子：教室裡的文化衝突》。紐約：新出版。2006年。

的思考。」

弱勢生更需語文力

德爾皮與支持其主張的學者們，特別重視在少數族裔學生既有的基礎之上，建立語文技能的重要性。這個教學法強調以下的教學原則：

- 學生既有的文化與語言，應該是他們通往更寬廣的知識的跳板。
- 學生的方言或母語，應該被尊重，並且被當作教授標準英文的工具。
- 基本的語文技能、拼字與文法，應該和閱讀與寫作同時學習，兩者並重。

在《別人的孩子：教室裡的文化衝突》一書中，德爾皮描述美國阿拉斯加州一位教師瑪莎．德米蒂夫（Martha Demientieff），如何面對阿薩巴斯卡原住民學生在讀寫學習上遇到的困難，很有參考價值。德米蒂夫指導學生觀察標準英文與阿薩巴斯卡原住民語言之間的異同：

「學生討論『書本語言』與日常語言的不同：書本語言總是用很多字，但是在部落語言中，簡短才是最好的。然後學生或兩兩一組，或組成小組，或獨立作業，練習寫一段學術性的文字，然後與教師討論，看看他們的文章有沒有『夠像一本書』。接下來，他們以自己的文章為基礎，試著改寫為幾個精簡的句子。最後，學生再練習把這幾個句子精簡成一段可以印在T恤上的口號。他們把最後的這句口號寫在紙做的T恤上，把這些紙T恤掛滿教室。有時候，學生也練習精簡彼此的文章，把冗長的句子改寫成簡短的口號。就這樣，經過反覆的口語和寫作練習，學生慢慢學會部落語言和學術語言的異同。」

美國寫作教學的全貌持續在改變。在一九八〇年代，當紐約州立大學教授亞瑟．阿普爾比（Arthur Applebee）進行美國的寫作教育研究時，他發現學生普遍不常練習寫作，練習的文體很少，寫作的目的也很有局限性。很多寫作課根本沒有練習作文，多半是練習填空、造句、換句話說。跟十九世紀的寫字練習相比，有些人或許覺得這已經是進步了，但是這種教學還是反映出一種對學生寫作力的低期待，也沒有幫助學生獲得他們需要的寫作能力與思考能力。不過，之後在一九九八年的美國國家教育評估報告中，看到了一些進步。當時，五成七的教師以閱讀與寫作的協同練習、以及寫作過程導向教學，為語文教育的核心。另有五成一的教師則是以寫作過程教學及基本的拼字文法練習並重。只有極少數教師完全沒有讓學生練習作文。

資深英文教師蓋爾·斯拉特科（Gail Slatko），就是一個成功結合兩者的中學語文教師。她已於二〇一七年退休，並接受佛羅里達州邁阿密的達德學區（Miami-Dade School District）聘請，目前專職訓練新進英文教師。

多元策略教弱勢生

美國國家英語學習與成就研究中心，曾以斯拉特科的課堂教學，做為成功克服各種困難的案例來研究。當時斯拉特科任教於魯本·達里歐中學（Ruben Dario Middle School），學校位於一個犯罪率極高的區域。她的學生當中，百分之八十三為西語裔，百分之十二為非裔，百分之四是白人。全校有百分之十四的學生被評估為「英語能力不足」，過半數學生不以英語為母語。但國家英語學習與成就研究中心報告指出：「這所中學表現優異，成功的服務了美國最弱勢的一群學生。魯本‧達里歐中學學生，在標準測驗中表現中上，在佛羅里達州寫作評鑑的表現則超越多數學校。」

斯拉科特採用多種策略，幫助她的學生成為更好的讀者、作者、編輯。例如，她總是把拼字練習與讀寫練習結合在一起，但她也要求學生完成為加強字彙能力而設計的作業。她的班級自編一本「生活字典」，學生們把在書上、雜誌上、報紙上看到的新字或難字蒐集起來。練習照樣造句時，斯拉科特不只是提供範例給學生，她要求學生分析自己造的句子，說明這個句子跟原句「照樣」在哪裡。她讓八年級以上的學生用衣架、毛線、厚紙卡等材料，把學術水準測驗教科書上的字首與字根展示在教室裡。她在教授文學概念與語言慣例時，也採用同樣的方法。她讓學生透過造詞、押韻、寫童書、講故事等練習，來磨練他們的拼字、文法與寫作能力。斯拉科特退休前一年，她班上有五個學生的童書作品，入圍達德郡博覽會競賽決選，其中一人獲得首獎。現在，魯本‧達里歐中學仍延續斯拉科特所創造的做法，鼓勵學生將作品寄去郡博覽會參賽。斯拉科特的教學，讓學生學會如何讀、如何寫，以及如何編輯、如何評價別人的寫作。

在課堂上靈活運用多種教學法，斯拉科特的寫作教學同時兼顧寫作過程與拼字文法。她主要的教學策略是：

- 強調基本技能的練習（例如生字本）以及綜合性的練習（例如自編字典）並行，讓學生在練習讀與寫的同時，學習拼字、文法等技能。
- 學生在教師示範下，學習編輯同學的作品。教師先公開示範如何編輯一篇文章，學生再交換作文，互相編輯。
- 讓學生練習為真正的讀者寫作。每一篇作文完成以後，都要在班上發表，供同學公開討論。

斯拉科特並為有特殊需求的學生設計特別的課程。寫作過程與拼字文法並重，她班上的每一個學生都有效學會了讀和寫。下一章將討論更多有效的教學法，以及如何把讀寫教育應用在語文課以外的課程中——即所謂的「讀寫提升學習力」。

“為真正的讀者，寫真正的文章，
這才是好的寫作練習。”

CHAPTER

3

閱讀與寫作其實是學習的工具

來自愛達荷州的米卡・勞爾（Micah Lauer）是一位科學教師，任教於愛達荷州梅里迪安市（Meridian）的遺產中學（Heritage Middle School）。首次參加國家寫作計畫的教師領袖培訓時，他已有九年教學經驗。「教得久不等於教得好，我想成為一個好的教育家。」他說：「我覺得教師領袖培訓計畫可能是一條路。」

美國國家寫作計畫及其衛星站每年夏天固定舉行教師培訓，每次「夏季學院」為期一個月，以大班及小組方式交替進行。一個大班人數約二十人，分為四至五個小組，每小組由一名教師領袖帶四至五名教師學員。

在教師領袖培訓營的一天，通常是這樣的：

9：00～9：30	學員集合，互相寒暄
9：30～10：00	或即席寫作，或小組討論，或大班朗讀
10：00～10：30	教案示範：由一名教師示範自己的教案
10：00～10：45	休息

10：45～11：30	教案回饋：由全體教師提供當天示範教案的教師意見
11：30～12：00	寫作練習與作品觀摩
12：00～13：00	午餐與交流
13：00	再見

參加教師培訓的教師學員利用部分上課時間寫作，但也要利用下課後的個人時間完成作品，而上課時間主要是分享與交流的時間。培訓營要求所有教師學員結訓時至少要完成一篇作品，「完成」的標準是必須在地方報社或出版品上發表。

二〇一三年的夏天，勞爾覺得自己處於一個教學生涯的十字路口，他以著名的劉易斯與克拉克遠征來比喻：「就好像遠征隊站在密蘇里與馬里亞斯河的河口。」

一八〇五年六月二日，這支遠征隊來到蒙大拿州中部，濁水的馬里亞斯河與清水的密蘇里河在此交會。此時，遠征隊必須要做出一個決定：他們可以循他們熟悉的馬里亞斯河，繼續往北；或者沿密蘇里河往南，展開未知的旅途。交叉的路，交叉的河，風險與驚喜，已知與未知，這就是旅途迷人之處。

在馬里亞斯與密蘇里河交口，劉易斯與克拉克做了一個計算。他們了解清澈的河水與圓潤的石頭是山泉的象徵，這意味著如果他們沿著不熟悉的密蘇里河前進，會更快到達目的地。勞爾也做了一個計算：他有兩位參加過國家寫作計畫師資培訓的同事，告訴他該計畫設計以學生為出發點的課程、提供實用有效的教案、教師們互相傾聽並給予建議。國家寫作計畫似乎是帶領教師前往目的地的一條正確的路。身為科學教師，勞爾決定採取這個他不熟悉的途徑：申請參加為語文教師設計的國家寫作計畫夏季課程。

科學教師學習寫作

那個夏天，國家寫作計畫並沒有令勞爾失望。他得到一段充實的時光，他的許多觀念被挑戰，無論是教學專業或是個人思想，都有所成長。這位科學教師，開始為愛德荷州的一家報社撰寫一個以教師立場為出發點的評論專欄，並取得國家寫作計畫的教師領袖資格。

開學後，他採取國家寫作計畫推動的「查找式教學」（Inquiry-based teaching），運用在國家寫作計畫師資培訓時學到的點子，在科學課堂指導學生寫更嚴謹的實驗報告。他發現，學生為了寫更嚴謹的實驗報告，會更深入的提問，會更熱心的追求問題的答案，並且更有邏輯的思考解決問題的方法。

小布希總統任內的教育政策「沒有一個孩子落後」（No Child Left Behind）重視閱讀遠勝寫作，遭到教育界基層詬病，歐巴馬總統上任後推動教育改革，通過「共同核心教學標準」（Common Core Standards，詳見本書第五章），復興寫作教育，要求中小學生在每個學年結束前，必須達到一定的寫作標準。影響所及，很多教師主張應該讓學生多讀科學書籍，少讀小說一類的文學書籍，避免分心，以利達到共同核心的寫作標準。但勞爾在經過國家寫作計畫的洗禮之後，覺得這些同事沒有體會到共同核心教學標準的用意。他認為讓學生大量、廣泛的閱讀各類書籍，才更有利達到寫作標準。他說：「閱讀力與寫作力，應該是一種跨科際的思考鍛鍊。」

勞爾在校園裡組織志同道合的教師，不分科別，利用課後時間一起練習寫作，分享教案。他的熱情感染了許多同事，並獲選為該校的年度教師。

二〇一四年，勞爾獲州政府提名傑出科學與數學教學總統獎（Presidential Awards for Excellence in Math and Science Teaching），獲歐巴馬總統接見。他並且因此得到州教育局的經費，領導一個全州數學及科學教師的在職訓練計畫。他把在國家寫作計畫學到的技能全部用上，他說：「文學、數學、跨科際的教師一起研習、腦力激盪，是最棒的。」他並組織州內教師，一起去丹佛及費城寫作計畫參訪。

「我常常想起二〇一三年的夏天的十字路口，以及國家寫作計畫帶給我的許多機會。」勞爾說：「我仍然不時猶豫，不確定我教學生涯的下一步將步向何方。

我覺得國家寫作計畫就像一個指南針，指出一個服務教師及學生的正確的大方向。」

勞爾認為，科學教師也應該參加讀寫教育培訓，因為，不論是對學生還是對教師來說，讀寫力是跨科際的思考鍛鍊。其實，早在一九九〇年代，就有研究證實，讀寫力的提升能夠促進學生在各科目上的學習力。於是，美國教育界開始討論，如何將寫作教育應用到科學與數學上？讀寫教育如何支援各科目？以下便聚焦於寫作教育強調的批判性思維與查找技巧，如何有助各科教學。

讀寫教育的經典研究

很多美國教育界對於讀寫教育的知識，包括教師如何教寫作、學生如何學寫作，都來自美國國家教育評估報告。至今最被廣泛引用的報告，仍然是一九九八年的一個經典研究[1]，由美國教育部發表的國家寫作教育評估報告。該報告探討了四年級、八年級、十二年級學生的學業表現與其家庭及學校教育之間的關聯。

報告指出，讀寫表現超越同儕的學生，都會做這樣的練習：

- 構思練習：八到十二年級，表現超過平均值的學生，至少每一週到兩週就會被要求構思一篇新的文章。而表現低於平均值的學生，一個月構思不到一篇新文章，或者幾乎從來沒有獨立構思過一篇作文。
- 多版本草稿練習：八到十二年級，在作文課上被要求就同一個題目寫多次草稿、反覆練習的學生，作文程度較好。

國家寫作教育評估報告同時指出，有兩種課堂策略，最能幫助學生在寫作上取得高成就：

- 師生討論：教師以正面的態度，跟學生討論其作文的內容，以及為何得到這樣的分數。對八到十二年級的學生來說，這樣的討論影響尤其大。經常與教師討論作文的學生，表現比很少或從來不跟教師討論的學生好。
- 作品集：對四到十二年級的學生來說，作品集對提升作文程度有正面影響。學生把所有作品保存在一本合集裡，可以看出自己的進步，也會愈寫愈好。

國家寫作教育評估報告的其他重點，包括強調寫與讀之間的協同性，以及在課堂上增加寫作練習的長度與頻率的重要性。該報告也提出跨科際寫作練習的價值。

二〇〇九年，美國教育部又重新做了一次寫作教育評估報告。這次研究員針對十二年級的學生，調查他們多常練習寫長篇的問答題。結果發現，愈常寫長篇問答題的學生，在國家教育評估當中的閱讀測驗成績愈好。在全體接受測試的學生中，每星期至少練習寫一次長篇問答題者，平均閱讀測驗分數為兩百九十四分。每個月練習寫一到兩次長篇問答題者，平均閱讀測驗分數為兩百九十二分。每年練習寫一到兩次長篇問答題者，平均閱讀測驗分數為兩百八十一分。從未練

1. https://nces.ed.gov/pubsearch/pubsinfo.asp?pubid=1999500。

習寫長篇問答題的學生，平均閱讀測驗分數只有兩百六十一分。說明練習寫得愈多，閱讀能力就愈好。

這次的國家寫作教育評估報告，也進一步證實，重視寫作過程的教學策略，在早期讀寫教育中至為重要。經過分析，國家教育評估報告發現，綜合多元寫作技能、重視寫作過程的教學，對於提升學生的作文成績最有幫助。經常被要求進行綜合性寫作練習的學生，在國家教育評估當中的平均作文分數最高。那些在考試時也懂得打草稿的學生，平均作文分數也高。

教作文其實是教思考

根據國家寫作教育評估報告的定義，重視過程的寫作教學，「把寫作當做解決問題的手段」，教給學生多樣的策略，包括怎樣構思，怎樣確定讀者群，怎樣計畫一篇文章，怎樣打草稿，怎樣改寫。這份報告再度援引經常被引用的小喬治・希洛克斯的研究，指出：「較弱的寫作者，只花一點點時間去計畫。較強的寫作者，則花較多時間去計畫、構思。」「愈有技巧的寫作者，愈注重文章的內容與組織。沒有技巧的寫作者，注意力則容易局限於文法與拼字的正確與否。愈好的寫手，愈常使用長段的句子；他們花較長的時間去構思，但用較短的時間就能完成文章。」

好的寫手，不但會寫，還會思考，所以寫作力也是學生學習力的重要指標。國家評估報告恰恰反映出美國教育界正逐漸形成的一項共識：好的寫手，也是好的學生，不但會寫，還會學習。教師在教室裡教作文，不但是教怎麼寫，更是教怎麼學。

重視過程的寫作教學策略，在全美各地的學校愈來愈普遍運用，不過，質疑實際教學品質良莠不齊的聲音也持續出現。加拿大學者麥克爾・弗蘭（Michael Fullan）就在《在變革的文化中做領導》[2]一書中質疑，為什麼同樣的教學策略，對有些學生就特別管用，對其他學生就不是那麼有效？雖然國家寫作教育評估報告提供了實用的資源以及指出了真正有效的教學策略，例如指導構思、改寫、作品合集等，教師在教室裡應用這些策略的方法卻大異其趣，對學生造成的影響也大有不同。

有兩個後續研究，對於教師在教學上如何具體幫助學生進行高品質的寫作練習，提供更多證據。它們提出明確的描述，並對特定的、成功的課堂實例進行了分析。其中一項研究，由美國教育考試服務中心（Educational Testing Service，該中心一般以托福考試的主辦機構為國人所熟知）及美國國家寫作計畫合作，研究怎樣的作業能有效提升寫作力。另一個研究，由美國教育發展學院（Academy for Educational Development）進行，研究美國五個州的國家寫作計畫教師領袖在三到四年級課堂上的實作。

好作業提升寫作力

對教師來說，課程的一個重要面向就是作業的品質。出怎樣的作業，才能有效提升寫作力呢？美國教育考試服務中心暨美國國家寫作計畫，合作研究分析了三十五個四年級班級的作文習作，以及二十六個八年級班級的作文習作，原始數據取自國家寫作教育評估報告。根據國家教育評估報告，這些作業都至少成功提升了三分之二學生的作文程度。這份報告訪談教師以了解他們對學生作文的評論，也訪問學生對作業的看法，並將兩者的結果綜合分析，結果發現，有效的作文習作，能鼓勵學生構思、起草、改寫、編輯自己的作品，而不只是套用作文公式。成功的寫作作業，應該考慮到以下四個元素：

一、設計更有效的寫作作業：對學習有幫助的寫作作業，不會僅要求學生寫下他們讀過的書或經歷過的事，而是讓學生有機會從事一系列的認知加工，例如反思、分析、組合。在這個過程中，學生必須把他們從一堆書中或經驗中得到的訊息與題材，重新組合，完成一篇完整的新作文。例如，成功的作業會讓學生讀一篇故事，然後比較其中兩個角色的動機。學生要從原故事中選擇有用的訊息，

2. 麥克爾・弗蘭：*Leading in a Culture of Change*，暫譯《在變革的文化中做領導》。紐澤西：Jossey-Bass 出版社。2007 年。

然後加以分析，找出兩個角色的動機。相較之下，一個只要求學生讀一篇故事、然後描述其中一個角色的作業，就比較弱，不能激發學生思考，因為學生只要從原故事中找出關於其中一個角色的描述，然後在自己的作文裡複述一遍就好了。

二、提供發展文章的具體引導：一份有利學習的寫作作業，會給學生一個骨架來發展新的點子，以及有組織的指示，來幫助他們分析並歸類作文的題材。一般作文題目，常見的缺點，包括沒有指示寫作的方向，以及沒有給出一個恰當的骨架。以典型的四年級作文題目〈我的房間〉為例，就沒有給學生任何寫作方向上的指引。美國教育考試服務中心暨美國國家寫作計畫的聯合研究，對此提出建議，這樣一道作文題目，可以這樣改善：「為一個沒見過你房間的同學，描述一下你的房間。你的描述當中，應該包括足夠的細節，這樣當你的同學讀到你的作文時，他可以想像出你喜歡什麼、你的興趣是什麼、什麼東西對你最重要。事實上，從閱讀與描述中，一個熟悉你的同學，應該可以猜到這篇文章寫的是你的房間。作文完成以後，會貼在教室後面讓全班同學看，並讓大家猜猜這是誰的作文、在寫誰的房間。」

三、設定目標讀者，用文字與讀者溝通：寫作的第一課不是拼字與文法，也不是起承轉合，而是認識讀者。一份有效的寫作作業，不只是讓學生為「假想的」讀者寫作，更要給學生機會，與真實存在的讀者溝通。很多時候，學生的作文只是寫給教師看，這樣對提升寫作力就不是很有幫助。比較有幫助的做法，舉例來說，可以讓學生先決定一件自己專長的事情（例如釣魚、蒐集棒球卡等），然後針對沒有這方面專長的讀者，寫一篇文章介紹這件事，寫寫自己在這方面的經驗、知識、觀點等。

四、題材關聯和選擇：一份好的寫作作業，應當避免給學生太多選擇，但也不能不給學生任何選擇。適當限制學生選擇題材的範圍，可以幫助學生構思。例如，四年級作文題目，可以這樣出：「訪問家中一位長輩，然後用幾個段落寫出訪談結果。其中要包括受訪者的童年、青年時代以及成年後的經歷。並且要寫出受訪者在這三個年齡階段的日常一天的生活。」

領袖教師的課堂

美國教育發展學院自二〇〇二年起，進行一個針對國家寫作計畫教師領袖實際課堂教學的研究，研究針對位於密西西比、奧克拉荷馬、賓州、肯塔基、加州等五個州、三十五個三到四年級的課堂。這個研究進行了三年，蒐集了關於學生作文程度如何進步的數據，分析哪些條件能支撐學生的寫作成就，以及學生在這些課堂上得到了哪些成果。

研究對象，包括都市的、郊區的、偏鄉的公立學校，取樣學生共七百六十三人。在四分之三被研究的學校當中，有過半數的學生有資格領取減價或免費營養午餐，這是美國判斷低收入家庭的標準，說明有多少學生來自低收入家庭。美國教育學院的報告指出，國家寫作計畫教師的課堂策略如下：

在寫作練習的時間方面，國家寫作計畫的教師，比美國多數四年級教師花更多時間指導學生寫作。約百分之三十八的國家寫作計畫教師，每星期花至少九十分鐘讓學生練習寫作。

在寫作的範圍方面，國家寫作計畫教師主持的課堂上，寫作的廣度很大。在美國教育發展學院分析的四十五份寫作作業當中，有十八份是說明文，十份是關於個人或家庭的敘述文，八份是創意寫作，五份是詩作練習，四份是論說文。

在寫作的策略方面，對於國家寫作計畫教師所指導的學生來說，寫作是一項持續的、每天不間斷的練習。多數作業都使用了以下寫作過程策略：分組討論、互相編輯、多版本草稿寫作、以及師生討論。一位受訪的四年級教師表示：「我整天都用到寫作──寫作幾乎是任何教學的一部分。學生以寫作來解釋、用寫作來整合他們在不同科目學到的內容……我自己也經常練習寫作。」

美國教育學院的報告，將「真正需要用腦的寫作作業」，定義為「以原創方式，應用知識與技能，而非重複套用寫作公式」。這份報告很重視教師設計作文命題時是否有顧及這一點。研究顯示，教師的命題若能刺激學生思考，這些學生在正式寫作測驗中的成績都比較好。一如成人每天在職場中，遇到問題時，必須透過思考尋求解決方案；真正需要用腦的寫作作業，能夠幫助學生成為有批判能力、懂得分析的思想者，讓他們離開校園後能夠順利步入職場。寫作作業的用意，是要求學生在他們既有的知識基礎上，去分析、組合、演繹。

美國教育學院報告，引用了兩份國家寫作計畫種子教師的四年級課堂作業，做為「真正需要用腦的作業」的範例。第一份作業，是讓學生展現他們對所閱讀的內容（故事線和角色發展）的了解程度。第二份作業，學生要寫一篇說明文，講解什麼是科學實驗中的「狀態變化」。美國教育學院報告指出，第二份作業不但要求學生對科學知識有充分了解，而且要求他們大量運用分析、組合、演繹等寫作技巧，是成功的跨科際寫作練習範例。授課教師描述這兩份作業內容如下：

〔作業一〕

我們在課堂上讀經典兒童文學《夏綠蒂的網》。我要學生想像他們自己是作者，重寫最後一章，給這個故事一個新的結局。完成的作文應該要有清楚的故事線，而且角色的性格、故事背景都要符合前章的敘述。我並鼓勵他們盡量在故事中使用對話，因為我們正在練習引號的使用。

〔作業二〕

我們的科學課花了兩個月的時間研究物質的狀態變化。五個月後，我給全班學生這個作業：有個學生有三杯水，她把第一杯水倒進一個淺派盤裡，第二杯水留在玻璃杯裡，第三杯水倒進一個深量筒裡。她把這三個容器放在架子上，然後計算容器變空所需的天數。結果如下：

- 淺派盤裡的水在四天後全部消失了。
- 玻璃杯裡的水在十四天後全部消失。
- 深量筒裡的水在一百六十天後才消失。

請討論這些水發生了什麼變化。這個學生想要透過實驗學習什麼？是什麼原因造成上述的結果？

這些實例顯示，寫作可以應用在不同程度、不同科目的學習。

寫作是跨學科工具

讀寫不只是讀與寫，而是學習的重要工具。讀寫力不只是讀與寫的能力，而且是學習力的重要指標。促進寫作教育，在學校或整個學區被應用於不同科目的教學，教師領袖和學區教育官員，都可以扮演重要的角色。美國教育學院研究特別指出，國家寫作計畫的種子教師在各科目都能進行寫作教學，他們不把作文當做一個獨立的科目，而是可以在所有科目教授、進行跨科際整合的基本工具。

跨科際寫作策略，是所有國家寫作計畫種子教師具備的標準技能。數學教師會讓學生寫日誌，學生可以在日誌中總結他們今天學到了哪些觀念。他們也會在日誌中比較一道習題的不同解法。科學日誌則可以讓學生預測實驗的結果，記錄他們的觀察和結論，或練習從科學家的觀點來做一段論述。社會課，則讓學生訪問家人、寫傳記、新聞稿，或是模擬歷史課學到的歷史人物的口吻，寫一段自述。這些教學操作顯示，跨科際的寫作練習，可以做為讓學生熟悉教學內容的手段，並可以用兩種方法來實施：讓他們把所學用嚴謹的寫作表現出來（科學報告、商業計畫、歷史研究……），或者讓他們用輕鬆的方式來記錄自己的心得（日誌、筆記……）。

以下的案例研究，可以說明針對特定內容的寫作練習，如何提高表達力、加強學習效果。這是一個高中生物課的表達式寫作案例研究，時間是一九八一年，但迄今仍然是教育界經常引用的重要研究，對於了解寫作如何幫助學習仍然很有幫助。

羅伯特・蒂爾尼（Robert Tierney）是一名生物教師，當時任教於加州費利蒙市（Fremont）的爾文頓高中（Irvington High School）。他相信寫作可以成為一個有力的學習工具。但當時他的許多同事則認為，寫作會佔用教學時間，是一種浪費。有這麼多內容、這麼多知識要教，學生還要進行科學實驗，不能只讀課本、寫報告。多數科學課上的寫作僅限於數據報告，科學課的考試也多以選擇題為主。

蒂爾尼是灣區寫作計畫第一批教師領袖中的一員，他相信各科目一定都有讓學生練習「表達式寫作」的空間。他在〈用表達式寫作來教生物〉（*Using Experissie Writing to Teach Biology*）一文中寫道：「很多生物教師都不了解以作文做為教學工具的潛力，因為他們不熟悉過程導向的寫作法。另一方面，當代生物教學，要求學生親身體驗、查找、思考問題。表達式寫作就是一種思考問題的方式。學生自由的在紙上表達他們的想法，不必擔心教師會怎麼評價他們。表達式寫作，可以在生物課堂提供學生必要的自由查找經驗，這是所有科學研究方法的本質。」

表達式寫作，可以用許多種形式來進行。蒂爾尼建議讓學生用日常對話的語言，來表達初步思考一個問題時會產生的想法。他想知道，這樣的寫作練習，會對學生在學習生物上有什麼影響，因此他進行了一個研究來驗證這個問題。

蒂爾尼與他的同事哈利·斯托基（Harry Stookey）一起，將爾文頓高中的十到十二年級共一百三十六個學生，分為實驗組與對照組。兩組學生都在同一時間學習同一個主題，做同樣的實驗，兩組學生的授課教師也都一樣，但是他們被指定做不同的作業。

實驗組的學生平日要寫讀書日誌、學習日誌，練習寫小論文，小論文的讀者設定為教師以外沒有生物知識的大眾，期末時必須寫一份總結報告，經常進行小組討論，考試用問答題進行。對照組的學生不用寫日誌、不用寫小論文，只要寫實驗報告，實驗報告的讀者就是教師，沒有期末報告，很少進行小組討論，考試則用複選題進行。

為了評量兩組學生的表現，教師選了兩個單元做測試，上學期考基因，下學期考種子植物。每個單元都進行三次考試：一次前測（在授課前進行），一次後測（在授課後立刻進行），一次複習考（在授課後三至十六週進行）。所有測驗都用複選題進行。雖然兩組學生在前測及後測中的表現都相當，但在複習考中的表現則有顯著差異：實驗組的學生明顯分數較高。在授課後三週進行的複習考，實驗組的分數平均比對照組高五分（滿分為一百分），授課後十六週的考試，實驗組平均分數比對照組高十一分。蒂爾尼和斯托基的結論是，有機會使用表達式寫作來學習的學生，更能記住他們所學。並且，他們相信這些學生對科目學習得更透徹，報告內容更有趣，也反映出對課程內容真正的理解。這個小研究顯示，表達式寫作，這種常見的過程導向寫作法，能有效幫助加強學生記憶內容龐大的科學課程。

寫作增進查找技能

蒂爾尼的研究與中學教育之間的關聯特別顯著，因為從中學開始，教學科目變得有專門性，而且教學內容也變得龐大。正如小喬治．希洛克斯在《以寫作為反思過程的教學》一書中指出的：「**在寫作教育悠久的歷史上，我們始終假設，寫作的內容會在其他地方被照顧到。**」蒂爾尼的研究顯示，表達式的、非正式的寫作練習，可以增進學習記憶。但是學習不只是記憶。不論是負責什麼內容範圍或專科，所有教師都可以運用寫作來幫助學生記憶，也幫助學生反思、對教學內容進行批判性思考。

希洛克斯主張，教師要做的不只是講課而已，而且要更常利用寫作，讓學生學會基本的查找技能。這種技能，是批判性思考的核心，不論是在學術上、專業上，或在學生未來進入真實社會後，都是很關鍵的。這就是查找式的寫作。它包括了運用既有的知識、提出問題、建立並檢驗假說、做出並驗證推論，這些是原創力、想像力與洞察力的基礎。

希洛克斯指出，教師可以透過各種角色扮演的教學方式，激發學生的想像力，例如從多元的觀點來辯論，假造出不同的角色，想像他們在各種的情況下會有什麼行動；或是設想一個文學作品角色的觀點……。他舉肯塔基州傑佛遜郡的寫作教學專家艾倫．劉易斯（Ellen Lewis）所設計的課程為例，說明如何讓學生利用小說寫作，來練習發掘、查找的能力。

劉易斯設計了一系列建立基礎查找技能的課程，以小故事寫作做為教學工具。根據中學生需要具備的寫作技能為順序，這系列課程帶領學生：尋找故事靈感，整理靈感，設計角色，將故事依場景分段，打草稿，寫引人的序言……描寫動作，使用對話來使故事更生動，正確利用標點讓對話更清楚易懂。從尋找靈感開始，接下來所有的寫作，都可以圍繞著這個靈感來發展。這系列的寫作課程，逐步要求學生運用更多他們在寫作過程中找到的題材。重點是，這系列的課程不只是運用一般的寫作過程，而是更注重細節，讓學生體會細節描寫在寫作中的作用，如何使用適合的對話、導言等，使內容得到更充分的闡釋，並創造一個引人的故事。希洛克斯在《考試的陷阱》[3]一書中寫道：「我非常期待所有教師都開始在作文教學中，使用這種深入分析的方法。」

他更主張，寫作是評量學習成果最好的方式：「教師都明白，寫作是衡量高階概念化、分析、應用、綜合與論證的手段。好的論文，不是靠記憶教科書上的材料或老師上課的筆記而來，而需要綜合許多第一手資料，表現出對題目真正的理解。」

寫作是語文科的任務？當然不對！各科都可以讓學生透過寫作來學習。知名劇作家傑瑞．赫爾曼（Jerry Herman）與作家威廉．金瑟（William Zinsser）曾有一段關於寫作的對談。赫爾曼是這樣說的：「終於有人想出一個聰明的方法，來做我們在三年級時所做的事情。然而，跨科際寫作卻在高中和大學時才初次被介紹給學生，好像這是什麼全新的東西。學生可以寫關於歷史的文章，寫關於地理的文章，社會科學的文章，經濟學的文章，物理學的文章，甚至數學的文章。並非每一篇文章都必須正式、完整、正確，好像準備要在學術期刊發表一樣。透過寫作，學生可以探索概念，發現連結，構想思路。用寫作來學習！為什麼沒有人早些想到這一點呢？」

3. 小喬治．希洛克斯：*The Testing Trap*，《考試的陷阱》。紐約：師範學院出版部。2002年。

所有教師都可以運用寫作來幫助學生記憶，也幫助學生反思、對教學內容進行批判性思考。用寫作來學習！為什麼沒有人早些想到這一點呢？

CHAPTER

4

數理老師也要捲起袖子教讀寫

現今美國很多學區、很多學校，基於對教學的高標準與期待，不但要求所有的教學計畫及課堂活動，都要對學生有持久的影響力，而且也希望教師持續進修，提供有研究證據支持、能真正有效提升學生學業表現的教學策略。

國家寫作計畫的宗旨，就是鼓勵教師先成長，再把學生帶起來。在貧窮、學生背景多元的地區，教師培力與增能的影響尤其顯著。密西西比州高中的年輕英文教師悉尼．麥家哈（Sydney McGaha），就親身體會到教師培育如何改變貧窮地區的教室。

麥家哈任教於密西西比州龐托托克高中（Pontotoc High School），該校位於龐托托克郡，全校只有六百二十名學生，百分之九十九的學生來自貧窮家庭，有資格領取州政府提供的免費營養午餐。

麥家哈熱愛文學，對教學很有熱誠，她盡量在課堂上引導學生參與討論，但學生反應冷淡，常令她感到力不從心。貧窮地區的孩子，有太多課堂外的事要擔心，導致他們無法專心學業。跟其他貧窮地區的學校一樣，龐托托克的學生學業成就很差，而教師通常把此地當做跳板，教一兩年書就轉到大城市的學校去。

任教三年後，麥家哈參加了密西西比寫作計畫的大學預備寫作課程教師培育，與其他教師交換教學策略，漸漸看到自己的成長。

在教師培育課程之後，麥家哈變得有信心，培育課程提供很多教案與教材，她可以直接帶進高中課堂裡使用[1]。她舉例說：「我讓學生讀經典的〈羅密歐與茱麗葉〉，讓他們討論青少年的思考模式如何導致這場悲劇發生。有學生說：『羅密歐太衝動，他一定是看太多電視了。』當然那個時代是沒有電視的，但是我藉此讓學生討論電視與文學的不同，現在熱門的真人實境秀對我們的思考可能造成的影響，如果羅密歐與茱麗葉生在現代，事情會不會更糟？」

1. http://lead.nwp.org/。

就算是成績最差的學生，一旦發現自己可以參與課堂的討論，並發現教師會認真聆聽自己的意見，就會變得興致勃勃。麥家哈把國家寫作計畫提供的每一個教案都用上了，並且自己設計新的教案，與其他教師交換討論：「現在我能夠更具體的思考，如何指導學生閱讀與寫作。」

麥加哈認為，國家寫作計畫，不但提供很好的教師培育課程，透過參加課程認識其他的教師，建立起教師之間的人際互動網，也很有幫助：「持續與其他教師聯繫、討論，我的教學計畫也能不斷推陳出新。」

「我變得很有信心。」麥家哈說：「最重要的是，我覺得自己與全國各地志同道合的教師緊密聯繫，不再困守在一個貧窮地方的小學校。」

在職師培與時俱進

有效的在職教師培育，需要大量的時間與資源，才能落地生根。在職教師培育有各種形式，或針對特定的課程目標，或廣泛優化教師素養。美國的中小學教師培育計畫經常長達一至三年，訂有多個短程及長程目標。瑪麗蓮·比薩爾（Marilyn Bizar）、哈維·丹尼爾斯（Harvey Daniels）、史帝文·澤梅爾曼（Steven Zemelman）等三位學者合著的《反思高中教育：行動中的最佳實踐》[2]一書指出，有充分的研究顯示，教師培力與增能，在教學改革及建立支持學習的校園文化兩方面，都是重要的因素。史丹佛大學中學教學背景研究中心（Research on the Context of Secondary Teaching）研究指出，教師團體能最有效參與制定教育政策，在教育改革上發揮最大的影響力。領導該研究的史丹佛大學教育學院教授米爾貝瑞·麥克勞克林（Milbrey McLaughlin）及研究學者瓊安·塔爾伯特（Joan Talbert）表示，這些教育界的網絡能夠成功，正因為它們提供教師一個「持續學習和精進專業的環境」。她們主張，教育系統改革，不能經由傳統的教師研習模式來完成：「傳統的教師研習和當今的教學環境已經脫節了。通往教育改革之路

2. 瑪麗蓮·比薩爾、哈維·丹尼爾斯、史帝文·澤梅爾曼：*Rethinking High School: Best Practice in Action*，暫譯《反思高中教育：行動中的最佳實踐》。新罕布夏州：海尼曼出版社。2000年。

的核心，是真正產生知識，制定新的教學模式，以及支持教師反思、考察、實驗、改變的教師專業團體及學習團體。」

她們的研究報告寫道：「只要給予機會，教師可以持續學習，使他們的教學觀念及實踐產生顯著改變。沒有什麼比這些改變對都會中的學校更重要了。在今天的學校裡，學生有各種不同的需求，教師持續受到挑戰。」

有一個經常被引用的、全學區改革的成功案例，就是紐約市第二學區。該學區被譽為「美國表現最好的都會地區學區之一」。在全國標準閱讀測驗中，這個學區排名最後四分之一的學生，只佔全體學生人數不到百分之十二。但在多數都會地區學區，排名最後四分之一的學生，佔全體學生數達百分之四十。（作者按：在美國，高收入、高學歷人口多聚居郊區，因此郊區學校學業表現也比較好；都會地區學生則多來自貧窮或弱勢家庭，因此都會學區在教學上也面臨較大挑戰。）

這個學區改革的關鍵是一九八七到一九九五年。當教育家安東尼．阿爾瓦拉多（Anthony Alvarado）於一九八七年上任該區督學時，該學區在紐約州三十二個學區當中，閱讀評比排名第十，數學評比排名第四。到了一九九六年，該學區兩項排名都躍升至全州第二，往後二十年，這個學區始終維持這樣的排名，迄今不墜。這是一個學生種族、社經背景高度多元的學區，約百分之五十的學生來自低收入家庭。阿爾瓦拉多的方針就是強調教師進修，並以此做為改革教學系統的利器。美國全國教學委員會（National Commission on Teaching and Learning）一九九七年報告分析，阿爾瓦拉多的改革策略包含七個原則：

一、一切都是為了教學改革，而且只為了教學改革。
二、認識到教學改革是一個漫長的、多階段的過程。
三、分享專業知識、驅動教學改革。
四、焦點放在整個系統的改善。
五、好主意來自有才之士的共同合作。
六、訂定明確的目標，然後分散執行。

七、鼓勵教師彼此合作、關懷、尊重。

精進教學專業是王道

想要提升讀寫教育品質與成效，最關鍵的就是教師培力與增能。阿爾瓦拉多為紐約公立學校老師發起的進修方案就是一個好例子，充分說明好的在職進修能造成什麼影響。這也與國家寫作計畫的標準模式「教師訓練教師」不謀而合。

為什麼要靠教師進修來提升讀寫教育的品質？美國全國小學校長協會（National Association of Elementary School Principals）指南指出，教師在其本科目方面的知識充足，也會持續接觸相關最新研究與教材，對於提升學生表現，是必不可少的。

有三十年教學經驗的紐約公立學校校長雪萊．哈維恩（Shelley Harwayne）曾在其著作《走向公眾》[3]中寫道：「**學校需要被考慮成一個能讓教師過學術生活**

的地方。我不能想像，如果學校不認真看待教師的教學，如何能提供學生高品質的教育，……當教師從他們的專業領域中獲得樂趣時，他們的學生就能從中獲益。你會去看一個知識、技術不與時俱進的醫生嗎？在這方面，教師和醫生是一樣的。」

全國教學委員會報告更明確指出，教師是否專業，是影響學生是否成功最重大的因素。報告引用多項研究，顯示教師是否合格，比學生原生家庭社經背景對學習的影響更大。

這些發現提出了一個核心問題：教學的品質，如何影響學生的讀寫力？好消息是，愈來愈多公立大學提供寫作教學的課程。美國國家教師教育與認證理事會（National Association of State Directors of Teacher Education and Certirication）指出，美國多數州目前都在教師資格考中加入作文考試。各州對教師寫作能力都有或多或

3. 雪萊・哈維恩：*Going Public*，暫譯《走向公眾》。新罕布夏州：海尼曼出版社。1999年。

少的要求。有些州，例如佛蒙特州，期待所有教師都具備專業的寫作知識，並且有能力教授不同文體的寫作。但是，各州對於閱讀及寫作在課程及教師能力方面的要求，差異很大。全國英語教師委員會幹部桑德拉・吉布斯（Sandra Gibbs）指出，很少州要求作文教師要特別進修或是通過認證。目前，只有密蘇里、德拉瓦、愛達荷等三州特別要求教師要通過某些語文認證，但研究又顯示，讀寫能力是一體的，這兩者最好同時被教授與學習。

為教師進行寫作方面的增能，不僅能提升教師本身的讀寫能力及語文素養，也能促進學生在各方面的學習能力。教師培育的必要性有三點。首先，正如塔妮亞・貝克在本書第一章中所指出，寫作教學是很複雜的，因為要滿足各級學生在教室裡各種不同的需求。寫作不是一門可以在一學期或一學年中習得的「科目」，而是需要幾年、甚至十幾年、在整個求學生涯中持續精進的一種技能，因為隨著學生進入更高深的學術領域，他們也需要更高階的寫作能力。

其次，在美國各級學校教室裡，愈來愈多元化的學生人口組成，是另一個教師必須持續進修、研發教材、創新教學策略的原因。而且不只是英文教師才需要學習這些。將寫作視為跨科際學習工具的教學應用愈來愈普遍，每個領域的教師都有責任將寫作融入課堂中。沒有重視、了解、實踐寫作教學的教師，就無法教育出懂得溝通的專業人士。

最後，教師需要在寫作方面的專業進修，因為建立一個成功的寫作教學計畫是需要時間的。如前章所述，唐納德．格雷夫斯研究了緬因州十二個有高水準表現的學區，沒有一個是在一夕間成功的。

教師增能因校制宜

哥倫比亞大學教育、學校及教學重組中心（Center for Restructuring Education, Schools and Teachings）的一項研究，比較了紐約市一所傳統高中以及兩所實驗高中教師每週花在進修上的時間。在實驗高中，教師每週有六到七小時的時間，花在規畫及研習。在傳統高中，每週只有四十五分鐘時間花在這些進修活動。

由全美各地教職員組成、以提供會員進修機會為宗旨的美國國家教職員發展理事會（National Staff Development Council），敦促各級學校教師，至少有百分之二十五的在校時間，應該用於「充電」，包括精進自身專業能力，以及與同事聚在一起腦力激盪。全國小學校長協會也指出，理想的情況下，學校百分之五至十的預算，應該用於提供教師在職進修。

教師培力與增能計畫及課程，應該要符合個別學校的需求，才能達到效益、產生改變。以紐約市第二學區為例，位於華府的教改機構艾伯特·舒克學會（Albert Shanker Institute）報告指出，阿爾瓦拉多使用了多種模式，來推動教師進步。

一、專業發展計畫：首先，學區職員參考各校校長、主任、計畫主持人的意見，選出有經驗的績優教師。然後，每位績優教師接受一小組教師到他的課堂上進行觀摩。每位觀摩教師花三個星期時間，到績優教師的課堂上進行密集觀摩，然後在指導下進行實習教學。三個星期過後，觀摩教師仍可就教學上遇到的困難，不定期向績優教師諮詢。

二、教學諮詢服務：讓教師或以小組或一對一方式與顧問對談，顧問可能是學區向外聘請的專家，或是學區內的資深績優教師。阿爾瓦拉多聘請的第一位顧問，是哥倫比亞大學教育學院的讀寫教育專家露西・卡爾金斯（Lucy Calkins）。後來這個諮詢服務規模日漸擴大，幫助許多教師建立了寫作教學技能，並推動讀寫教育在各科目上的應用。舒克學會報告形容這個服務非常「勞力密集」，須依賴顧問與教師廣泛、密切的接觸，圍繞特定的教學問題，做多次的討論，才能有成效。報告認為，這個模式的成功，也說明教師的專業發展計畫，必須長期致力於一個特定的目標，才能有所成效，而不應該經常改變目標。

三、互訪及同儕團體：互訪模式是將教師聚在一起，互相示範好的教學方式。同校或不同校的教師，藉由互相訪問，建立起一個同儕團體，讓教師群感覺大家是同一個專業團體的一分子，也激發他們對教學的熱忱，一起實驗、反思、改變教學習慣。

四、研修機會：第二學區每個學年都投資許多經費在教師暑期研修。自一九九五年起，暑期研修課程都包括小學教師的數學教學研習、中學教師的語文教學研習，以及為資深教師設計的進階語文教學研習，另有討論標準測驗的課程。開學後，學區一定會追蹤參加研習的教師，注意他們教學的成果。第二學區的一位行政人員說：「除非在我們開學後有資源繼續直接支援、幫助教師們，否則夏季學院沒有任何意義。」在教室裡進行大規模的教學變革，一定要得到來自校方的支持。第二學區認為，這種暑期訓練，是對幾個教學內容項目進行持續的投資，能對全區教師累積影響力。這種「教師的夏季學院」，是美國很多學區目前都採用的模式。

教師培力可以小單位進行，由學校自己訓練自己的教師。也可以採取教職員會議、週末進修會等方式進行，專注研究個別的題目或策略，或由小組方式進行，討論當前的語文及讀寫教育研究。不論採用什麼形式，這些會議或小組，都應該是學校整體教職員進修計畫的一部分，有前瞻性的目標，能推動全校性的創新教學文化。

校內社群研討教學

哈維恩在阿爾瓦拉多任督學期間，擔任紐約第二學區一所學校的校長，並在阿爾瓦拉多卸任後接任督學一職，她在《童年的寫作：重新思考過程與成果》[4]一書中，舉出下列以讀寫教育為中心的活動，可以在每週的教職員會議中進行，讓教師持續學習。

- 研讀並討論相關的專業文獻。
- 觀摩其他教師教學的影片。
- 邀請學生代表參與教職員會議，聽取學生意見。
- 教師之間互相觀摩並發表感想，或者跨班級合作舉行「寫作坊」教學活動。

4. 雪萊・哈維恩：*Writing Through Childhood: Rethinking Process and Products*，暫譯《童年的寫作：重新思考過程與成果》。新罕布夏州：海尼曼出版社。1999年。

- 研究文學名家的作品，從中得到靈感。
- 腦力激盪思考新的教學策略，並討論如何將之運用到課堂上。
- 用投影機播放學生的優秀作品讓教師看，並思考這樣的作品是怎麼產生的。
- 研讀優良兒童及青少年讀物，並考慮如何將之介紹給學生。
- 上課之前，同事之間先演練一遍教案。
- 拜訪其他學校，參與相關研討會，互相分享心得及筆記。
- 邀請學有專精的專家來演講。
- 把用在孩子們身上的教學法用在大人身上試試看，做為檢討改進的依據。
- 合作開設新課程的教學計畫。
- 有新的學習課程、教學工具、課堂慣例時，提出來聽聽其他教師的意見。

哈維恩並在書中詳述紐約一所公立小學——曼哈頓新校（Manhattan New School）的教師研討會如何進行：「教師們輪流以投影機展示學生在課堂上的作品，每週展示一篇高年級的作品、一篇低年級的作品，所有教師一起討論這兩篇作品的優點。然後，根據指導教師對這位學生學習情況的描述，所有教師一起想想怎麼樣可以幫助這位學生，提高學生寫作的品質。下一次聚會的時候，上次做報告的教師會回報他指導這位學生的後續成果，以及同事們的建議效果如何。」

提到教師培力與增能，必定要談美國國家寫作計畫經典的「教師輔導教師」模式。

自一九七四年起，美國國家寫作計畫專注提升寫作教育品質四十年，推廣以教師專業及教師網絡為重心的進修模式，針對中小學教師在教學上遇到的實際問題，協助教師改進教學方法。直到今天，美國國家寫作計畫的夏季學院，仍然是美國規模最大的語文教師進修課程，中小學教師、行政管理人員、甚至大學教師，都在此精進自己的寫作力與教學力。教育政策研究家凱瑟琳·諾蘭（Katherine Nolan）觀察到：「大學很少明確要求學生需要具備哪些知識與能力，才能成為成功的寫手。教師養成教育、學校、學區也沒有明白的說出他們希望新進教師具備哪些教寫作的能力。美國國家寫作計畫，大概是唯一一個提出並設法解決這些問題的全國性機構。」

美國國家寫作計畫，是一個以提升讀寫教育為宗旨的組織，也是一個專業教師網絡，設在各大專院校裡的衛星站，共有一百八十五個，遍布全美五十州、華盛頓特區、波多黎各、美屬維京群島。二〇一五年，美國國家寫作計畫透過這些衛星站，訓練了三千名新進教師領袖，提供了八萬堂課程，直接影響了一百四十萬中小學生。美國國家寫作計畫的寫作坊受到教師歡迎，因為都是由教學水平高超、經驗豐富的資深教師所領導。

績優教師培訓教師

多位接受本書訪談的校長指出，很多教師不信任沒有實際課堂經驗的所謂教育專家，至少要有一兩年的課堂經驗，才能得到其他教師的認同，這也是毫無教學經驗的現任美國教育部長貝特西・德沃斯（Betsy DeVos）不被基層教育界信服的主要原因。美國國家寫作計畫創辦人詹姆士・格雷（James Gray）曾說：「我們相信，如果要使學校改革有效可行，在職訓練一定要由有第一手經驗的人士來領導。」

有一個針對國家寫作計畫衛星站的研究，由卡內基教學促進基金會（Carnegie Foundation for the Advancement of Teaching）資深學者安·列格曼（Ann Liegerman）、南緬因州立大學副教授黛安·伍德（Diane R. Wood）共同主持，她們認為國家寫作計畫促進教師培力的主要手段，就是建立起獨特的社交網絡：「既激勵教師、讓教師進修無障礙、建立持續發展的專業社團，又組織並維持這些社團之間的關係，且創造新的、令人振奮的教師支援、溝通、領袖系統。」

美國國家寫作計畫相信每位教師都是專業人士，有獨特的知識能與其他教師分享。參訪國家寫作計畫師資培力工作坊時，絕不會看到一群被動的聽講者，而會看到有經驗的講者，通常是績優寫作教師，被邀請到國家寫作計畫的衛星站做示範教學，而其他教師也被鼓勵分享自己的教學經驗。教師們還會練習模擬教學，實際測試各種教學法的效果。

國家寫作計畫進行教師培力，對所有教師的最終期待是：所有語文教師都必須能寫，都應該實際去從事寫作練習。教師自己要能做到他們要求學生做的事，有效的作文課只能由真正會寫作的教師來授課。關於這一點，在本書第六章會有更詳細的描述。詹姆士．格雷在暑期教師培訓課程中，常常聽到參與者說：「在今年夏天以前，我『以為』自己知道怎麼調整教學方針。現在我才『真正』知道怎麼調整教學方針。」

正如前章引用的美國國家教育評估報告所述，美國國家寫作計畫的教師培力模式，明顯提升了美國學校寫作教育的品質。學者喬艾倫．基利昂（Joellen Killion）在美國國家教職員發展理事會研究報告中指出：「研究顯示，國家寫作計畫對學生表現與行為的影響是巨大的。在多個使用對照組的實驗中，學生表現都證實國家寫作計畫帶來學生成就的提升⋯⋯。國家寫作計畫，為那些希望提升教學品質、提高學生表現的教師們，提供高效的培力。做為一個歷史悠久的、持續嚴謹進化的組織，國家寫作計畫樹立了一個由教師驅動、聚焦教師培力的良好模式，並能調整以滿足不同學校或學區的需求。」

能提升教學品質的教師培力，當然不是靠一個下午的課程就能完成的。塔妮亞．貝克說：「我們了解，如果要讓作文教師有效的向同儕學習，就要讓他們參加深入的課程，課程內容要包括讓他們在課堂上實際嘗試所學，並互相分享教學經驗。」

國家寫作計畫的教師培力，推動這樣的培力模式：由一位教師顧問來判斷一群教師的具體需求，規畫一系列的多堂課程，然後找到能夠開課的大專院校。課程聚焦在優秀的教學，及其帶來的益處。參與國家寫作計畫培力的教師，很多都成為研究者，在自己的課堂上深入實驗各種教學法，進行行動研究。參加教師培力的職員也很多，尤其是校長，他們發現這樣得來的知識、分享的經驗，可以大大提高教職員對實際教學的認識。國家寫作計畫也強烈支持教師進行教學研究。

但是在強調志願參與、教師專長、擴大課程、教師研究以外，還有一項元素，是國家寫作計畫的在職訓練模式必不可少的，那就是堅定支持讀寫教育的學校行政單位。

行政支持是成功關鍵

學校當局須體認教師是所有教學改革的關鍵，更好的教學、持續學習寫作，是成功的鑰匙。格雷在其回憶錄中寫道：「教學改革不會單單因為法案通過、命令頒布而發生。當教師因為其專業，經常聚在一起共同探討成功的教學法時，真正的教學改革才會發生。」這是因為，教學改革的模式多種多樣，適合甲校的方式，不一定適合乙校。

以下實例，可以說明真正的教學改革的面貌。波士頓寫作計畫主任任喬．切克（Joe Check）在國家寫作計畫季度報告中，描述他如何把反思寫作應用在教師培力工作坊，為教師開闢新的思考領域，解決學生背景多元的教學環境中，學生讀寫程度參差不齊的問題。

「幾年前，有一位教師顧問邀請我跟她一起合作，在一個為期一年的教師培力系列課程中開一堂課。跟我們合作的波士頓小學，學生人數眾多，背景多元，多數是黑人學生，作文成績偏低，該校並有為少數族裔學生開設西班牙語及海地克里奧爾語雙語課程，所以也有使用西語或克里奧爾語的教師。在工作坊的第二堂課，校長、教師齊聚一堂，我們邀請所有的參與者寫一段短短的、以個人回憶為基礎的文章——這是我們過去常用的一種標準寫作技巧訓練。這一次，我加了一句話，告訴大家：『請用你覺得最熟悉的語言來寫作。』

教室裡的氣氛立刻改變了。到了朗讀與分享的時間，我們鼓勵那些沒有使用英文的教師學員，用他們寫作的語言來念出他們的作品，然後即席用英文翻譯一遍。

接下來的討論非常熱烈，全校教師前所未有的深入探討了文字使用的問題、正確性，以及在檯面下沸騰已久的想法。有些雙語教師說，他們以前從來沒有體驗過自由使用母語寫作的感覺，覺得這是一個解放的經驗。其他教師，包括雙語及一般教師，則顧慮我們的方式是否有誤導之嫌、是否會貶低標準英文的重要性，因為，不論是對雙語還是單語孩子而言，畢竟英文教學才是學校成功的關鍵。有些教師指出，部分非裔美籍孩子，在家裡使用的不是標準英文而是黑人英文，跟拉美裔孩子、海地裔孩子在家使用西班牙語或克里奧爾語的情形類似。有幾位海地裔教師，則對於克里奧爾語是否真正是海地人的母語有歧見，因為海地的官方語言是法文，多數學校使用法文授課，克里奧爾語其實是一種民間大量使用的方言，但實際使用人數比法文人口還多。

那堂課結束的時候，幾乎沒有教師離開，大家都想繼續。很明顯的，在這些討論中透露出來的訊息，對學校教學及學習氣氛影響重大，只是以前沒有被提出來談。

用三種語言朗讀分享，是這一系列工作坊課程的突破口，就像一道閃電，忽然照亮了黑暗，暴露出這所學校語文教學真正的困境與複雜性。在那之後，教師學員與工作坊教員，不再假裝選擇『最正確的教學』就能帶來最好的讀寫成果。事實上，有些更深入、更個人的東西，影響更大。

到了六月，學校已經有很大的進展，基於教師的共同理念以及學生的特殊需求，發展出一套獨特的讀寫教育哲學。首先，寫作是一個過程，寫作練習應該要規律進行，用各種方式進行，在每一個年級進行；其次，相信提升母語能力也有助英文學習，同時每個學生都有權利得到最好的英文教學；再者，家長、尤其是雙語家庭的家長，應該固定被通知學校現在正在進行哪些課程，以及為什麼要進行這些課程。每一位教師也都據此整理出一套自己的教學方法，在課堂上做出明顯的改變。

這一套教育哲學，從外人眼裡看來，並不令人稱奇。但對於這個學校來說，這是各執不同強烈理念的教師，經過一系列的談判，而達成的全校性改革，能對來自不同背景的所有學生因材施教。」

這個實例，說明國家寫作計畫的教師培力，採取「教師輔導教師」模式，不但培訓教師，也把每個教師都當做最珍貴的資源，帶來真正的改變。正如哥倫比亞大學教育學院教授謝李登・布勞（Sheridan Blau）在其著作《太陽底下唯一的新鮮事》5所寫：「解決教師與學生在教室裡面臨的學習與教學問題，最可靠、最可信的方法，要從成功教師自身的智慧與經驗中尋找出來。所以寫作計畫將有經驗的、成功的基層教師，視為最好的資源，能解決困擾教育界的種種問題。教師們不是問題的來源，他們是解方。」

安．列格曼與黛安．伍德的研究報告也指出：「國家寫作計畫的地方網絡鼓勵提出問題，不提供預先包裝好的答案，而給教師機會，在都會、郊區、偏鄉等不同的學校背景下，自己去思考學生的需求。如此發展出教師的一種心理，他們會珍惜教學工作帶來的源源不絕的挑戰，對於何謂專業教師，有了完全不同的概念：所謂教學專業，是要能夠在這個瘋狂變化的世界裡，持續應對不同背景學生的需求。」

教師培力與增能，在推動教育改革時尤其重要。二〇一〇年，美國共同核心標準（Common Core Standards）上路，全力復興寫作教育，但初期效果不彰，全國教師質量委員（National Council on Teacher Quality）主席凱特．沃爾什（Kate

Walsh）指出，根本原因是師資培力沒有跟上教改腳步。關於共同核心標準，將在下一章詳細介紹。

5. 謝李登·布勞：*The Only Thing New Under the Sun*，暫譯《太陽底下唯一的新鮮事—美國國家寫作計畫二十五年》。加州柏克萊：美國國家寫作計畫。1999年。

所有語文教師都必須能寫，都應該實際去從事寫作練習。教師自己要能做到他們要求學生做的事，有效的作文課只能由真正會寫作的教師來授課。

CHAPTER

5

考試制度如何改變讀寫教育

二〇一〇年，在全美州長協會（National Covernors Association）及各州公立學校主管理事會（Council of Chief State School Officers）主導下，美國教育史上的重大改革——共同核心標準（Common Core Standards）上路，以學生在高中畢業時，應該具備進入大學或步入社會的能力為前提，明確訂出從一年級到十二年級的學生，在每一學年結束應該達到的學術目標。

共同核心標準的實施，標誌著美國國家課程時代的來臨。聯邦政府制定學生在高中畢業以前，應該達到哪些學術要求，以及何時應該達到這些要求；各州、各校則根據該標準，自行制定課綱、決定教材。共同核心標準激起諸多辯論，反對者認為，教學標準應該由各州自行決定，聯邦政府不宜介入；支持者則認為，國家課程標準統一，才能確保各州教育水準一致。雖有上述爭議，但自共同標準上路以來，多數州都採用此一標準，目前，全美共四十三州、華盛頓特區及四個屬地都採取共同核心英文教學標準。美國國民教育協會（National Education Association）二〇一六年調查指出，百分之七十六的基層教師支持共同核心標準。

其中，英文教學共同標準釋出重要訊息：作文課不應該繼續被視為教學中「沈默的子音」，或是閱讀課的不受人重視的表親。共同核心標準將注意力聚焦到所有學科的寫作上，推動各州教學與測驗標準的一致性。在採用共同標準的州，提高學生讀寫力及設置高評量標準，成為學校改革的重要目標。我與現任國家寫作計畫主任愛麗絲・艾德曼奧達爾（Elyse Eidman-Aadahl）討論共同核心標準時，她盛讚該標準扭轉了寫作教育十幾年來在美國教育體系中不受重視的情況。她說：「我喜歡共同核心標準。我認為對促進讀寫教育非常有幫助。」

以下將討論共同核心標準，對美國讀寫教育的標準及評量做出了哪些改革，以及讀寫教育應用在其他學科上的情況。也將介紹評量學生讀寫力的一些原則，以及如何利用評量來了解學生進步的情形與教學上的需求。

共同核心英文教學標準明確指出，所有學生在高中畢業時，都應該有能力「仔細閱讀、明確了解文章的含義並從中做出邏輯推論；在寫作或論述時引用具體的文字證據，以支持文章的結論」。另外，針對各年級的學習目標，訂有詳細標準；例如四年級生在閱讀方面應該能夠「在解釋文章內容並根據文章做出推論時，正確引述文中的細節與實例」，在寫作方面則應該能夠「清楚寫出自己對某一主題或某篇文章的意見，並舉出支持本身觀點的資料和理由」。自六年級起，共同核心標準並將讀寫標準應用到數理科目上，根據該標準，六年級學生必須會寫嚴謹的數理實驗報告，並引用明確的證據來支持其分析。

將讀寫導入各學科

這樣看來，提升讀寫力，對學習英文與學習其他科目同樣重要。至於其他科目的教學，如何導入讀寫教育，也是備受注目。

其實，共同核心標準，不是美國教育史上第一次倡議將讀寫應用在英文以外的科目。早在一九八六年，全美數學教師委員會（National Council of Teachers of Mathematics, NCTM）就創造了一套學習標準，提高從幼稚園到十二年級的教學品質。NCTM 標準發表以後，得到十幾個學術社團的支持，認為該標準對數學科目教學的系統性改變產生了深遠影響。寫作在 NCTM 標準當中扮演重要角色，例如對九到十二年級的第二項標準指出：

「用於寫作的教學技巧，在數理溝通的教學上也很有用。寫作的過程強調腦力激盪、釐清問題，以及檢查訂正，這些角度完全可以用在解決數學問題上。簡單練習寫一段如何解題的說明文字，不但有助釐清學生的思緒，也可以讓學生在互相觀摩中，得到新鮮的觀點。學生應該被鼓勵持續寫日誌，記錄他們學習數學的經驗，以及解決問題的思考過程。寫日誌也可以幫助學生釐清他們對學習數學、對某一特定經驗、或是對某一課堂習作的感受。」

與共同核心標準一樣，NCTM 標準認可了寫作在教學上的雙重價值：既是解決問題的手段，也是表達思考過程的工具。它支持了羅伯特．蒂爾尼的發現：在生物課使用表達式寫作，做為一種學習工具（詳見本書第三章）。它也回應了小喬治．希洛克斯在《以寫作為反思過程的教學》一書中所主張的，用寫作來幫學生學習：發現、闡述、實驗新點子、問問題、找答案等技巧。希洛克斯引述英語聯盟會議（English Coalition Conference）於一九八七年發表的報告《九〇年代以後的英文教學》[1]，主張：「學生必須『學習成為查詢者、實驗者，以及問題的解決者』……。不但成為更有效的作者與讀者，也成為這個劇變中的世界裡更積極的參與者。」

關於共同核心標準的辯論接連不斷：這套標準會否太高或是太低？對教學與學習造成了什麼樣的影響？佛羅里達州是率先採用共同標準的州之一，截至二〇一七年，全美共有四十三州部分或全部採用共同核心標準。佛羅里達州坦帕學區督學瑪莉艾倫．艾莉亞（MaryEllen Elia）接受哥倫比亞廣播公司專訪指出，共同核心提高了學生表現的門檻，學校必須用各種方法挑戰學生，讓他們更積極參與學習活動。但是，僅僅創造高標準，不足以在校園裡促進學習，教師才是讓這些標準在教室裡活起來的推手。教學標準的落實，需仰賴優秀的教師，知道如何以教學策略，來成功執行紙上的標準，支持高水準的學習。但很多教師對此沒有把握。例如，由獨立出版機構教育社論計畫（Editorial Projects in Education）發行的《教育周刊》，於二〇一六年進行的大型調查發現，只有百分之三十九的教師，覺得自己對於共同核心標準教學「準備好了」，有把握執行。

改善這種情形的一個關鍵，就是為所有教師進行培力與增能（詳見本書第四章）。在教師短缺與流動率高的情況下，這個需求尤其迫切。致力於教育政策相關研究的獨立研究機構學習政策研究院（Learning Policy Institute）報告指出，二〇一三年，全美高度貧窮學區，有近九成的學校面臨師資不足的困境。學習政策研究院院長、史丹佛大學教授琳達．達令哈蒙德（Linda Darling-Hammond）接受美國國廣播電臺專訪表示，阻止師資流失的關鍵，就是教師培育與輔導。政府當局可以在這方面扮演舉足輕重的角色，提供資源為教師培力，幫助他們把紙上的標準真正帶進課堂。教師培力與增能，提供教師資源，讓他們接觸最好的課堂實務，給他們時間思考如何達到標準，這才是落實教學標準的關鍵。否則，再好的課程標準，也只是虛文。同時，對學校行政人員，例如校長的培力與支持也同樣

1. 理查．勞埃德瓊斯（Richard Lloyd-Jones）、安德莉雅．倫斯福德（Andrea A. Lunsford）：*English for Nineties and Beyond*，《九〇年代以後的英文教學》。馬里蘭：英語聯盟會議發行。1987年。

重要。提供教師資源、帶領學校朝有前瞻性的目標邁進，校長們扮演關鍵的角色。

另一個造成美國師資流失的主要原因，達令哈蒙德說，是來自考試制度下的問責制壓力。因為小布希政府時代的主要教育政策「沒有一個孩子落後」（No Child Left Behind）重視考試結果，影響所及，各校都修改課程，以應付考試為宗旨，給第一線教師很大的限制、很少的自主空間，違背很多教師投身教育的初衷。在理想的狀況下，教育改革應該由教學標準而非考試成果來驅動。與此同時，很多教育家關心「教學、標準、考試三者不同調」的問題。因為，教學標準可以描繪出一套豐富的課程；但是，如果評量制度沒有跟教學標準綁在一起，教學標準就難以實踐。

重訂讀寫評量標準

所以，對應共同核心標準的共同評量於二〇一四年正式實施，採取共同核心標準的州，也都陸續重新制定了評量方式，來衡量學生進步的情形，以落實評量及標準的同步校準與改革，確定學生是否達成共同核心標準的要求。

達令哈蒙德說：「在思考教學標準相關議題時，我們也需要考慮，什麼樣的評量制度才能真正的加強教學與學習。」

評量制度為什麼要與教學標準契合，評量制度又會對讀寫教育產生什麼影響？希洛克斯在小布希政府時代所做的一個研究，可以解答這個問題。這個研究觀察五個州的評量制度（伊利諾伊州、肯塔基州、紐約州、俄勒岡州及德州），曾獲全美英文教師委員會選為二〇〇三年傑出研究。這五州是由於評量制度的相異性，以及地理上的多元性，而被選為研究對象。希洛克斯從五州各選出六個背景各異的學區，訪問了公部門決策者、學校行政人員以及基層教師。當他開始進行這項研究時，全美五十州當中，有三十七州訂有自己的讀寫教學及評量標準；他的研究，史無前例的深入探討了不同的評量標準對教學法的影響。

希洛克斯發現，在州與州之間，讀寫評量標準有很大的差異，包括寫作評量的種類、注重的要點、次數與多樣性、評量實際執行的方式（何時舉行、由誰來評分等）、評分的標準（例如內容佔五分、組織佔五分……）。舉例來說，在共同核心標準實施以前，肯塔基州和俄勒岡州的讀寫評量，要求測驗與日常表現並重；另外三州則只考慮測驗成績。希爾洛克在研究報告中指出：「肯塔基州的學生有一整個學年的時間來完成他們的讀寫測驗……德州的學生有一天的時間，伊利諾伊州的學生則只有四十五分鐘。」

紐約州的評量注重說明文，俄勒岡州綜合評量創意寫作、說明文、敘述文、以及論說文。在肯塔基州與紐約州，作文由授課教師來評分；在伊利諾伊州與德州，作文被外包給補習班來打分數，以求公正。紐約州與德州的高中生，要通過作文測驗才能畢業；伊利諾伊州高中生的作文成績不會影響他們英文課的總體分數。在德州，如果某個學區的學生，讀寫成績普遍低落，這個學區將會面臨被觀察甚至解散的命運。這些評量方式的利弊，有很多討論空間，但可以確定的是，它們對教師在課堂上怎麼教閱讀和寫作，有深遠影響。

很多相關研究都聚焦在讀寫評分標準之間的差異，以及這些標準所反映的價值觀。教育學者格蘭特・威金斯（Grant Wiggins）在其著作《教育的評量》[2]一書中就指出：「（在共同評量實施以前）許多州的評量標準，只就文章結構、拼字文法等幾個焦點來評分，完全不考慮文章本身的論述是否有力、令人印象深刻、激勵人心或令人動容，有犧牲優良寫作之嫌。」

希洛克斯也批評，在共同評量實施以前，某些州的讀寫評分標準很模糊，所推行的教學法品質很差，而且對學生進入大學、步入社會沒什麼幫助。他以某學區的作文教學指南為例，這份指南完全依賴公式化的五段式寫作，寫作測驗則要求學生在很短的時間內寫出符合上述結構的文章，學生練習這種公式化寫作法，寫出空洞的文章，反映的是寫作教學標準低落，且剝奪了學生進行批判性思考的機會。「五段式寫作公式」告訴學生，不管他們寫什麼，都不需要提出有根據的理由來支持自己的論點，舉的例子甚至不必與主題直接相關。二〇一六年的 SAT

2. 格蘭特・威金斯：*Educative Assessment*，暫譯《教育的評量》。紐澤西：Jossey-Bass 出版社。1998年。

寫作測驗改革，就是為糾正此一歪風（詳見本書前言），諷刺的是，迄今許多留學諮商機構，仍然向學生大力推行「五段式寫作法」，並將之吹捧為「托福寫作經典結構」。

幾十年來的研究也顯示，雖然這種公式化的寫作法可能是一種方便的權宜之計，讓學生在短時間內寫出一篇像樣的文章，但長遠來看，卻會戕害學生的讀寫能力，無益學習。正如加州州立大學柏克萊分校教育系教授莎拉・弗里德曼（Sarah W. Freedman）與紐約市立大學教育心理教授柯萊特・戴尤特（Colette Daiute）觀察到的：「讀寫的評量制度，往往未能反映評量的文化、過程、以及目的……。當這種考試制度決定學生大部分的成績時，它們就可以決定大部分的教室生活，迫使教師花過多的時間鑽研寫作公式及文法拼字，不支援真正的讀寫教育，剝奪了學生學習的機會。」

學校的行政階層以及教師，可以利用明確的讀寫評量標準來支持學生成長，提高他們的讀寫力。評量制度一定要與教學標準緊密聯繫。評量制度要能反映出教學的目的，不能僅是為了打分數或行政目的服務。換言之，成功的評量制度，要能診斷出學生在讀寫上的缺點，並且讓學生據此來加強自己的能力，或讓教師據此來修改教學方針。為了真正了解學生學習的情形——這才是評量制度真正的目的。教育當局及教師應該考慮：第一，評量的方式要多樣化；第二，要涵蓋不同的文體；第三，評分的項目及比重要合理；第四，要能看出學生隨著時間進步的情形。這樣的評量，才是有效的評量，也才能激發學生的潛能。以下就這四點分別來討論。

一、評量方式要能多樣化：考試時，簡答題或複選題，可以用於評量學生在某些方面的知識，但是顯示不出學生讀寫能力的廣度。考題應該提供與教學標準相關聯的多種項目和基準，讓學生有機會做長篇的論述，讓教師可以看出學生在以下方面的能力：

- 組織訊息的能力。
- 產生並發展想法的能力。

- 構建縝密的、令人信服的論證的能力。
- 寫前後連貫的文章的能力。

從長篇論述中，也可以更清楚的看出學生對某一個主題的理解，以及正確使用文法、標點、拼字的能力。

二、要能評量不同文體：單一文體的作文評量，可以大致看出學生的寫作能力，或者看出某一堂作文課是否有達成效果，但是如果只聚焦在單一文體的作文（很多教師傾向特別注重論說文或敘述文的寫作），就不能看出學生整體的專長與弱點。很多學生都能寫一段通順的電影情節摘要，卻不能進一步寫一段影評，或是評論不同的觀點甚至形成自己的看法，而這些都是進入大學必備的學術技能。有些學生在自我表達方面很有天份，能以第一人稱寫很好的文章，卻不能活用其他文體。加州州立大學戴維斯分校教授桑德拉．墨菲（Sandra Murphy）在〈建立作品合集的風氣〉（Creating a Climate for Portfolios）一文中寫道：「身為教師，我很久以前就學會對於以一件作品或一堂課來評量學生寫作程度，抱持懷疑態度。經驗教會我，研究也證實，拿一個學生在某一場合的表現，來預測他在其他方面、其他情境、其他文體上的程度，是不可能的。」要透過學生多件作品樣本，每件樣本都是針對不同的讀者、不同的目的而寫，才能掌握這個學生的能力，並了解他的需要。

三、要有合理的評量標準：應該要依據作業的內容，設定評分項目和合理的標準。格蘭特．威金斯主張：「所謂合理的標準，是要適當的決定哪些因素會影響分數。」他舉了一個以拼字文法為評分標準的例子，說明這樣的評分也許很公平，卻不合理。「雖然我們很容易計算出學生在一篇文章中犯了幾個拼字或文法錯誤……但是這個評分卻不合理，因為他沒有評比出學生寫的這篇文章是否具有可讀性。」他進一步指出，拼字的正確性也很重要，卻無關文章內容是否引人入勝，而寫一篇能引人入勝的文章，也是學生寫作的重要任務。一個合理的評分標準，應該要考慮文法的正確性，也考慮文章本身的品質。希洛克斯針對各州評量標準的研究也發現，在共同評量實施以前，這是許多州評量標準的通病。很多評量標準，沒有考慮文章的中心思想是否完整，提出的證據是否有說服力，或者引述的數據是否精確。

四、要能評量學生隨著時間進步的情形：好的評量，應該可以從一系列的作品中，例如一套作品集，計量出學生的進步與成長。從這樣一套作品集裡，不但可以看出學習效果，也提供豐富的參考資料。對學生而言，這種方式讓他們有機會看出自己的進步，了解自己為什麼拿到這樣的分數。對教師而言，這種方式可以做為修正教學方針的依據，在做新學年課堂活動計畫時，就可以更貼近學生的需求。作品集可以是任何形式的合集，主要是讓學生把自己的作品蒐集在一起，可以隨時參考翻看。美國很多讀寫課堂都有讓學生製作自己的作品集。作品集有助達成三個評量目的：多樣化的評量方式、評量不同的文體、合理的評量標準。支持使用作品集的教師認為，作品集最大的好處還是在教學。作品集裡常常包括同個題目、不同版本的草稿，不同文體的作品樣本，以及一學期當中所有的成品。這些作品範圍廣泛，運用得當的話，即使是新任教師，也可以從學生過去的作品集，看出這個學生學習及進步的過程。這樣的一本作品集，比在開學的時候臨時舉行一場隨堂作文考試好得多，參考價值也大得多。

對於如何將作品集運用在寫作力的評量上，前芝加哥寫作計畫主任、現任路易斯大學語言學教授的貝蒂・簡・瓦格納（Betty Jane Wagner）有獨到的見解。她認為讓學生對評分過程有參與感，非常重要，而製作作品集就是很好的方法，讓學生把自己最好的作品收集起來，讓這些作品來決定成績。瓦格納說：「我鼓勵教師，讓學生選擇幾篇他們自認為最好的作品，然後根據這些作品來評分。專業的作家也是這樣——他們從自己的作品當中選最好的來發表。我希望教師都能考慮這樣做。這樣孩子們才會對自己的寫作有感，才會覺得自己能掌握自己的寫作與分數，而不是什麼都是教師說了算，教師只是扮演一個指導者的角色。」

評量應能反映進步

以下就以威斯康辛州一所雙語小學的教案為例，來探討讀寫評量制度，如何反映出學生隨時間進步的情形。

弗拉特尼小學（La Escuela Fratney）是位於密爾瓦基的一所公立雙語小學，

用英語及西班牙語授課。他們推動以學生為中心的「專案學習法」，每年的重頭戲，就是在學期末展覽學生作品。該校教師、曾獲威斯康辛年度教師獎的鮑伯・彼得森（Bob Peterson）解釋這種方式：「在學年裡，每個五年級學生都要完成一個主要『專案』。這個專案包括一篇學生的自傳，一篇以西班牙文寫成的瀕危動物報告，一套雙語詩選集，一篇關於知名人士為社會正義而戰的報告，以及一篇從小學一年級迄今的自我回顧。」

彼得森表示，他從紐約市立高中推行的專案學習法中獲得啟發，在參觀過該校學生期末成果展之後，決定在自己的學校推動。他發現這是一種很有效的方法，激勵教師也激勵學生。每一學年開始時，彼得森告訴學生，學期末在活動中心將會有一個成果展，首先會邀請三年級和四年級的學生來參觀，讓他們從中得到自己升上五年級時做專案的靈感。接著這個成果展會開放給家長及社區人士參觀，包括大學教授、校務董事、當地企業領袖、學校教師等人，都會受到邀請。

這個成果展，讓學生盡量呈現他們整個學校生涯的學習成果，舉凡幼稚園時的寫字本、一年級時的故事讀本，統計同學們看電視習慣、種族背景、最愛足球員的數學作業（作業用圓餅圖、百分比及分數等多種方式呈現），還有作文習作等，都可以拿來展示。每一年，彼得森都想出新方法來引導學生，讓展覽更精緻。現在，他在每一學年開始時就訂下作業要求，並且把評量項目和詳細指南都發給學生，做為他們作業時的參考，以確保學生有個依據來要求作品的高品質。他同時還會發給每位學生一張「自我評量表」。這張評量表要求學生「退後一步，想想自己迄今為止學到了什麼，以及可以如何把所學到的知識應用在作業上。」在準備成果展時，學生兩人一組，寫一份雙語演講稿，在展覽時用雙語發表自己的學習成果。這個成果展，就是學生們一整年最大的「考試」。這樣的評量方式，既能反映出學生的認知與技能，又讓學生有參與感、有成就感。

彼得森致力推動專案教學法二十年，曾於〈激勵學生做優質的工作〉[3]一文中寫道：「我發現這樣的公開成果展，對激勵學生很有幫助。這也能幫助我維持對學生一貫的高度期待。如果教師知道他們的學生將會這樣公開展示作業，就不會浪費時間出一些沒有用的作業。他們的課程會更有方向，更專案化，更符合真實世界的需求。這是一個好例子，說明如果採用好的『考試』方式，那麼用考試來驅動教學是可行的。」

在這個「考試」的過程中，學生能夠充分掌握自己的成績。鮑伯・彼得森的專案成果展引起教育界注目，因為它激起學生對自己成績的責任感，並且對自己的作品有一種「這屬於我」的成就感。在準備這個成果展的過程中，學生可以看出自己在過去五年內的成長。他們可以參與評分過程，了解自己在每個評量項目上的表現。

很多教師都發現，在讀寫教育上，讓學生充分參與並了解評分過程，對學習很有幫助；這讓他們對自己的學習更有責任感，對課程要求有更清楚的認識，而不會有「作文課的分數都是教師隨便打的……標準變來變去」的感覺。讓同學之間互相觀摩作品並給予回饋，是另一種增進課堂參與感的有效方式，但要先確定學生有知識與能力對別人的作品做出有參考價值的評價。同儕回饋，讓每個學生都有機會對課堂的學習氣氛做出貢獻，並互相激勵追求寫作的高品質。

學生需要機會表達自己的想法，隨時了解自己在學習成為一個好讀者、好作者的路上，走到了哪一步。多倫多大學教育系教授卡爾．伯雷特（Carl Bereiter）與馬琳．斯卡達瑪莉雅（Marlene Scardamalia）合作的研究顯示，這種「元認知」，即「認知的認知」，對於成為一個更好的讀者、更好的作者，非常重要。學生可以自我評估優缺點，自己制定提高讀寫力的策略，達成自己的學習目標，這些都是有效的學習工具。這些，應該成為讀寫力評量制度中不可或缺的一部分。學生在課堂上或考試時，會被要求寫一段論述來解釋自己如何解決某個數學問題；同樣的，他們也可以被要求反省自己的寫作技巧，或反思自己有什麼學習計畫來提高自己的讀寫力。這些寫作任務，都是很好的機會，讓學生把查找和批判性思考的能力應用在自己身上，思考自己是一個什麼樣的學習者。

以上密爾瓦基弗拉特尼小學的教案說明：能夠反映出學生進步情形的評量方

3. 鮑伯．彼得森：*Motivating Students to Do Quality Work*，〈激勵學生做優質的工作〉。收錄於反思學校雜誌（暫譯，*Rethinking Schools*），1999年春季刊。

式，才是好的評量。

讀寫評量制度典範

前述希洛克斯針對五州不同讀寫評量制度所做的研究也指出，肯塔基州的評量制度優於其他四州，因為測驗與日常表現並重。在全美五十州當中，肯塔基州也是率先採用共同核心教學標準的第一州。在共同核心標準上路前十年，肯塔基教育當局就致力於提升學生讀寫力。但是，在一九九〇年代以前，讀寫教育在肯塔基州並不受重視，希洛克斯的報告引述肯塔基教育局助理專員斯塔爾・劉易斯（Starr Lewis）的描述指出，學生只花一點點時間寫作，而且多半在練習五段式寫作。一九九九年，肯塔基重訂教學標準指南，不再鼓勵這種公式化寫作。取而代之的，九九年版指南強調高品質的讀寫教育，培養學生對作品的掌控力，以及寫作過程與拼字文法並重。根據當年肯塔基州教師手冊，讀寫評量的目標在於：

- 給學生技能、知識、信心，讓他們成為獨立的讀者、思考者、寫作者。

- 提升每一個學生為不同的讀者、不同的目的、書寫不同的文體的能力。
- 記錄學生在多種不同文體上的表現及進步的情形。
- 結合課堂教學。
- 根據學生的需要，修正課程的設計，提供學生他們真正需要的知識。

在高中最後一年，肯塔基州的讀寫評量制度，要求學生交出五篇作文以及一封自評信。五篇作文，包括一篇自傳體文章、一篇創意寫作、三篇論說文或說明文，其中兩篇要以科學為主題。自評信則由學生闡述自己在高中四年內讀寫能力進步的情形。

在針對各州讀寫評量制度所做的研究中，小喬治．希洛克斯給予肯塔基州的評量制度高度評價：「很明顯的，肯塔基州讀寫評量制度，所衡量的範圍，比其他州的評量制度，都更廣泛更精細。」除了考慮不同文體的寫作，這樣的評量制度，也給學生充分的時間去構思一篇文章，而不套用寫作公式。肯塔基州的讀寫評量制度，得到最多教師肯定，該州超過四分之三（百分之七十六點六）的教師認為評量制度有助於教學，三分之二（百分之六十七點二）對評分項目持正面評價。超過八成接受訪談的教師認為評量制度有助提升學生的讀寫能力。其他沒有一州的評量制度，得到教師這樣強烈的支持。在二〇〇二年美國《教育周刊》的評鑑中，肯塔基州學生的學術能力，在全美五十州排名第三。這並不令人意外，因為讀寫力是一切學習及批判性思考的根本，提升讀寫力就是提升學習力。

共同核心評量標準，與九九年版肯塔基州評量制度有許多相似之處。共同核心寫作評量標準綜合評量論說文、說明文、敘事文等三種文體，分別從以下標準來評量。

【論說文評量標準】

- 文章主張是否清楚。
- 是否提出足夠的證據及有力的論述支持主張。
- 是否有考慮到讀者的知識程度。
- 段落之間是否連貫。

- 拼字文法是否正確。

【說明文評量標準】

- 文章是否聚焦在一個明確的主題上。
- 是否清楚呈現事實與定義。
- 是否有考慮到讀者的背景知識。
- 段落之間是否連貫。
- 拼字文法是否正確。

【敘事文評量標準】

- 文章是否有清楚的故事線。
- 是否靈活運用對話、描寫等多樣敘事技巧。
- 所描述的事件順序是否符合邏輯。
- 拼字文法是否正確。
- 結尾是否對所描述的故事提出反思。

成功的評量制度，要能診斷出學生在讀寫上的缺點，並且讓學生據此來加強自己的能力，或讓教師據此來修改教學方針。

CHAPTER

6

教育改革需要由下而上

有效的讀寫教育政策，關鍵是政策制定者具有「相信讀寫力」的理念，而肩負課程改革責任的教育界領袖、學校行政單位，也有能力制定並推廣有效的讀寫教育政策。教育當局和學校的行政單位，在建立有效的讀寫教育政策上，應該扮演什麼角色？校方可以採取什麼樣的具體步驟，來面對挑戰，進行改革？

以下介紹一些美國校長、督學，如何與教師合作，透過有效的讀寫教育政策，提升學生讀寫能力，培養學生的能力與自信，成為犀利的讀者、優秀的寫手。綜合這些讀寫教育研究專家、課程協調員、督學、校長、教師，從不同面向所見得知，讀寫教育政策，需要靠一些必要的行動，打造出必要的條件，才能推動成功。

營造讀寫教育環境

行政階層是學校裡推動讀寫課程、制定有意義的讀寫評量制度的關鍵推手。

透過與教師合作，可以有步驟的領導全校，做到以下幾點：

- 制訂提升讀寫力的長期計畫，並與全校教師溝通，促成共識。
- 向教職員與家長發表政策聲明，表明校方重視讀寫教育、說明讀寫教育為何重要、呼籲整個「學校社群」一起來提升學生讀寫力。
- 評估本校讀寫教育的程度。
- 召集教師領袖來提倡讀寫教育。
- 提供資源給教師，例如教材、工作坊、在職進修等機會，讓教師學習有研究依據的課堂策略。
- 建立有彈性的行政結構，能夠回應並支持來自教師和家長的聲音。
- 針對授課時數、經費方面的問題，找出實用的解決方案。

校長如何領導教師重視讀寫教育？加州聖拉蒙谷學區（San Ramon Valley Unified School District）的督學羅伯．阿爾珀特（Rob Alpert）有經驗。他在加州丹維爾（Danville）一所高中擔任校長期間，要求教師參加校務會議時都要帶紙筆。因為阿爾珀特參加了加州州立大學柏克萊分校主持的灣區寫作計畫教師課程以後，決心在校務會議中固定撥出時間，讓教師練習寫作。

「我不但希望教師練習寫作，也希望他們多多分享自身的經驗。有些教師，在相鄰的教室授課二十年，卻對彼此一無所知。我從寫作計畫的課程中得到啟發，讓教師寫寫關於他們童年時住過的房子，他們的名字怎麼來的，或寫點關於他們家人和小孩的事。」

「(等到教師漸漸習慣了在一起寫作)我們也會一起討論，怎麼樣生動的描繪一樣事物，而不只是平鋪直敘。然後我們會互相提醒，對學生的作文應有哪些要求。我從來沒有要求教師『把你們在教職員會議上學到的應用在課堂上。』但不久後，我就注意到，本校學生的作文習作愈來愈好，愈來愈接近標準學力評量的要求。因為教師自己都成為了更好的寫手，自然能把學生帶起來。」

調查讀寫教育現況

蒐集不同年級教師出的作業及學生的作品等樣本，可以從中得到重要的資訊，來評估該區或該校讀寫教育的程度，並把注意力引導到具體的課程需求面。不同科目、不同風格、不同類型的寫作樣本，包括敘事文、論說文、分析文、自傳等，都應被提出來供教師討論。關於學生作文應該達到什麼標準、符合哪些期待，教師之間應有共識。對教師和學生進行意見普查很重要，可以幫助學校領導階層了解師生對讀寫教育的看法與期待。

在學校或學區裡裡進行讀寫教育的調查，勾勒出師生的共同願景，其後便可以此為基礎，進行教學改革。美國國家寫作計畫指出，普查應涵蓋以下項目：

- 哪些教師有在教閱讀與寫作？（不限語文科目老師）
- 哪些教師喜歡閱讀與寫作，並且有花時間在這上面？
- 學生在課內有花多少時間、進行哪些讀寫練習？課外呢？

• 教師對於好的寫作有哪些期待？大家的期待都一致嗎？
• 教師對於學生應該如何學習寫作，以及讀寫可以做為學習工具、應用在所有科目，都有一致認識嗎？
• 學生有機會選擇自己想看的讀物、想寫的主題嗎？
• 每星期、每個科目各有多少時數讓學生閱讀和寫作？
• 教師有和學生討論「寫作過程」的觀念嗎？
• 各科作業，有讓學生練習寫長篇申論的機會嗎？還是只做簡答和填空題？
• 學生有機會打草稿、並修改自己的草稿嗎？
• 學生有機會練習寫不同類型的文章嗎？
• 教師如何回應學生的作文（分數、評語、討論）？
• 教師會示範寫作，或跟學生一起練習寫作嗎？
• 學生有被鼓勵在作文課上冒險嘗試創新的表達方式嗎？
• 學生學習了哪些「查找」的技巧，並且運用在作文上呢？
• 學生有機會定期反省自己的讀寫能力有無進步嗎？
• 學生的讀寫能力如何被評量，評量成果如何？

調查結果，可以幫助學校衡量校內讀寫教育的品質。美國國家寫作計畫並提供一份清單，指出「流於形式的讀寫教育」與「真正有效的讀寫教育」的不同，供教育界自我檢視（見下頁）。

	流於形式的讀寫教育		真正有效的讀寫教育
×	教師出給學生的作文題目不一定與學生的生活經驗、曾經學習過的知識、或現在正在學習的內容相關。	√	教師鼓勵學生把自己的生活經驗、曾經學習過的知識、現在正在學習的內容都應用在作文上，讓學生在寫作時有機會提取背景知識。
×	教師出作文題目時，沒有考慮文章的目的及目標讀者。	√	教師出作文題目時，會向學生說明文章的目的，以及設定的目標讀者群。
×	學生認為自己是為成績而閱讀、為成績而寫作。	√	學生知道自己是為了學習而閱讀、為了溝通而寫作。
×	學生只看教師指定的教材，只寫教師指定的作文題目。	√	學生有機會選擇自己想看的讀物，寫自己想寫的東西。
×	教師指定每篇作文須完成的時間與字數。	√	學生可以根據作文的範圍與目的，提出自己認為需要的時間及恰當的字數，並與教師討論。
×	學生只有一次機會完成文章供教師打分數。	√	學生有機會打草稿，並與教師討論、修改。
×	教師給學生的評語多半是負面的，或者只抓出錯字。	√	教師給學生的評語指出文章的優缺點，不只是抓錯字。
×	教師要求學生做的訂正工作，多半是「把錯字重寫十遍」。	√	教師提出對於文章風格、思想組織的具體建議。
×	教師逐頁糾正學生的拼字或文法錯誤。	√	學生在課堂上讀彼此的文章，練習編輯，抓出對方的錯誤並互相討論。
×	教師多半時間花在改作業上。	√	教師多半時間花在講課上。
×	教師批改每一份作業。	√	學生有機會自我評量或互相評量。

	流於形式的讀寫教育		真正有效的讀寫教育
×	學生從來不知道教師打分數的標準。	✓	學生知道自己為什麼得到這樣的成績。
×	所有的作文作業都是短文，字數在400 到 1000 字之間，並使用起承轉合的固定格式寫作。	✓	學生被指導將不同的修辭、元素，應用在不同文體的文章當中。
×	學生被要求在論説文中舉例證明自己的觀點，但舉證的品質及其與主題的關聯性很少被考慮。	✓	學生被指導在閱讀時，以各種策略來判斷文中主張與推論的可信度，並將之應用在作文上。
×	學生被要求作文的主題要明確，組織要符合邏輯，但沒有被指導要怎麼做。	✓	作業的設計有明確的步驟，幫助學生運用「查找」的技巧，來集中主題，組織並發展思想。
×	學年結束時，學生不知道自己的讀寫能力有沒有進步。	✓	學年結束時，學生知道自己哪些方面進步了，哪些方面待加強。
×	學生被要求分析、比較、描述、敘述、反思、結論，但沒有被指導如何組織或闡述思想，或如何建構文中的角色、主題、想像。	✓	學生有機會觀摩好的作品，並透過作業練習如何發展思想、駕馭想像。
×	有時候學生會被要求重寫。但重寫的主要目的是訂正文法、用字等機械性錯誤。	✓	學生被鼓勵重寫、編輯、改善自己的作品，以獲得更好的成績。
×	學生在下筆前沒有很多機會思考。	✓	學生在下筆前有機會思考自己想寫什麼，跟教師討論，或跟其他同學腦力激盪，練習預寫或自由寫作。
×	學生不知道自己的風格，或者根本不知道什麼是風格。	✓	學生被鼓勵找出自己的聲音，發展出自己的寫作風格。
×	學生覺得讀寫很無聊，教師改作文時也覺得無聊。	✓	學生與教師都熱愛閱讀，並為寫作感到興奮。

建立長期教學計畫

曾任加州大學柏克萊分校教育學院院長的戴維・皮爾遜建議，校長應該去課堂上視察、與教師談談、檢查學生作業，這樣才能確實了解讀寫教育進行的情況。另一個蒐集資訊的方式，是與教師一起進行一個小研究，分析每週的教學目標及計畫，並追蹤學生的學習成果，看看怎樣的教學計畫最有效。

設計以及實施全校性的讀寫教育計畫，無法速成，需要時間。前佛蒙特州寫作計畫主任保羅・埃斯霍爾茨（Paul Eschholz）說：「學區在實施讀寫教育時，最大的錯誤，就是沒有事先計畫好。這是一個三到五年的長期計畫。學區不能期待一夜之間生出計畫，然後在兩三個月內就全面實施。讀寫計畫要循序漸進的介紹給教師，然後慢慢擴大實施。」

在一些學區，這個「孵化期」甚至更長。例如緬因州，從一九八〇年代起，就將寫作列為提高學生語文素養的重點課程。一九九九年，緬因州學生在國家教育進步評估中達到「精通」以上程度的人數比例，為全美各州中最多。這是經過長久的努力才得到的成果。緬因州教育評估委員會（Maine Educational Assessment Committee）在巴爾港（Bar Harbor）舉行教師營，邀請十二個表現最好的學區的主管，分享他們推行讀寫教育的過程與心得。這十二個學區的社經背景各異，它們從規畫、推動讀寫計畫到收獲成果，花了五到十一年時間不等。時任緬因州教育評估委員會主席的康妮・戈德曼（Connie Goldman）聽取簡報之後說：「我原本期待教師提出一套具體的教學法。然而，他們多半強調教學的大原則。他們再三強調彈性對教學的重要性，認為彈性是決定教學成果的主因。很明顯，讀寫計畫並不只是一套教材而已。」

透過相關經驗，可以歸納出，要讓長期讀寫計畫成功，需要這些認知與做法：

- 課程的「彈性」比「正統性」更重要。
- 尊崇教師的專業。

- 全校一體的氣氛與共識。
- 團隊合作：校內擁有不同經驗的教職員一起合作，建立起對提升讀寫力的共識。
- 當由下往上的教學改革發生時，行政階層正視基層教師的自主改變。
- 重視學習效果而非考試成績。
- 降低教師流動率。
- 投資教師培力。

唐納德．格雷夫斯在相關研究中指出：「與由上而下的管理制度相反，緬因州學校的成長，幾乎都是由下而上、始於教師自發性的承諾提升讀寫教學。」

取得學校社群共識

想要成功發展讀寫教育，並沒有一種「絕對正確」的領導方式。在一些學校和學區，教學改革始於英文教師、課程協調人、主任、校長之間關於讀寫教學的討論。在其他學校，可能是由一群基層教師催生教學改革。琳達．達令哈蒙德與唐納德．格雷夫斯，還有多位學者，都研究過創造成功學校的藍圖以及有效的教學計畫是如何被設計與實施。他們兩位都主張，成功需要時間，而且，由上而下的指示很難帶來改變。理由很清楚：全校性的讀寫教育改革計畫，需要共識——教師、行政階層、家長，都要支持這個改變。有共同的承諾與共識做基礎，就能讓改變慢慢發生。還要有一群意志堅定、具讀寫教育課堂經驗的教師，擔任推動者的角色，分享他們的經驗，提出有效的策略。學校要找到一群有意願、有經驗的教師來負擔起這個責任，這群教師了解寫作教育的重要性，並且自己也經常讀、經常寫。

「學校社群」是指包括教師、學生、家長、學區內的每一個人。想進行改革、改變教育，不能只靠學校教師，更要獲得家長支持。美國有一位很有名的教育家，也是讀寫教改的先驅，謝爾頓．貝爾曼（Sheldon Berman）博士，已經退休多年，仍經常接受訪談，討論自己在上世紀九〇年代推動讀寫教育改革的經驗。他感嘆自己當年率領年輕教師，滿腔熱血的做教學創新，卻被家長投訴，因為家長對教育的認知，仍然停留在自己當學生的時代，看不懂新的教學模式，覺得老師在亂搞。

經過經驗累積，現在教育界更懂得如何取得共識。例如舉行成果發表會，對家長會和校董會進行簡報，都是擴大社群對讀寫教育的認識的好方法。進行讀寫教育改革時，學校及學區應該向家長宣導，說明校方對改革的期待，爭取家長的支持。學校可以邀請家長一起參與讀寫運動，給他們一些寫作的點子，鼓勵他們跟孩子一起練習打草稿、改寫文章。另一個爭取家長支持的方法，是發給家長讀寫教育指南，教他們怎麼樣幫助孩子成為更好的讀者與寫手。校長、主任、教師以身作則，表現出對讀寫教育的支持與熱誠，自己也從事寫作練習。就像唐納德·格雷夫斯說的，如果我們自己都做不到，我們怎麼要求孩子？家長會還可以舉辦家長寫作坊或讀書會，擴大對話，幫助建立起全校性的讀寫風氣。組織讀書小組，邀請專家來演講，一次針對一個主題來研究，例如搶救錯別字、建立讀與寫的關聯、如何打草稿與修改自己的文章、如何給別人的文章評語、朗誦的技巧、不同文體的寫作、如何進行查找等。

發想有效的策略

成功的讀寫教育計畫，要讓教師有機會觀察、討論好的課堂策略。研究顯示，教師工作坊與小組討論，最能催生有效的課堂策略。教師應該經常互相分享好的作文習題及學生作品，討論實際的問題，例如合理的作業分量、評分標準，以及如何讓小學生好好改正錯字、讓高中生學習用學術語言來寫作等。這對教師的持續成長以及維持教學水平，都很有幫助。

學校當局可以提供專業進修機會及相關的資訊給教師，幫助教師學習最新的課堂策略，充實他們在讀寫教育方面的知識，磨練他們的技能。有些學校教師缺少教閱讀、教寫作的經驗，或者教師自己本身也很少從事閱讀與寫作，那麼學校可以先把焦點集中在鼓勵教師自己從事寫作練習、了解學習寫作的過程，這樣可以激勵教師。接下來，教師可以把他們自己學到的，分享給學生。教師先成長，再把學生帶起來。教師培力，「持續」是很重要的，一年一度兩個小時的課程是不夠的。

發表於《專題教學活動與方法》（*Subject-Specific Instructional Activities and Methods*）期刊的寫作教育調查指出，研究與實務經驗都顯示，讀寫能力的培養不是「獲取一組技能的線性過程」，讀寫教育應該經常調整，首先讓小寫手浸潤在豐富的、自然的語文經驗中，然後慢慢引導他們從事複雜的思考與表達。一套有效的讀寫教育課程，會慢慢培養出教師對於學生「成為一個寫手」需求的認識。這套課程，跟缺乏彈性、有嚴格範圍與順序、一體適用的課程設計，恰恰相反；這套課程，應該奠基於對個別學生需求仔細的觀察以及調整。學校制定政策的同時，各科教師都可以參與意見、建構讀寫課程。透過持續的溝通、對學生需求的資訊分享，各科教師建立起一貫的標準與期待，這樣學生才能透過各科的寫作任務，持續朝「成為更精練的寫手」這個目標邁進。

推動跨科寫作練習

在倫敦大學兩位學者詹姆斯・布里頓（James Britton）和南希・馬丁（Nancy Martin）的推動下，英國中小學校園，自一九六〇年代起，就推動跨科際的寫作練習。近年來，這股風潮也吹進美國中小學校園，是目前很風行的讀寫教育改革運動。但是，在美國各中學，跨科際寫作練習的實行成果差異很大。某些學校成功體現了這種最創新的教學模式，但其他學校，即使是最支持跨科際寫作練習的教師，仍覺得在體制內執行起來很困難，尤其是在學生面臨升學壓力的中學後期。儘管如此，多數教育學者仍然主張，跨科系寫作練習，值得各校排除萬難去推動。

在美國小學的教學現場，不同科目的教師，以跨科際寫作來加強教學，已經愈來愈普遍，也獲得很好的成果。而在課程愈來愈重的中學，這方面的執行就比較困難，但仍有一些成功的例子，例如紐約曼哈頓的國際高中（International High School）以及麻薩諸塞州的哈德遜高中（Hudson High School）。這兩所高中採用相同的做法：不把寫作設為一個獨立科目，而是做為各科教學及評量的一部分。為了推動此一政策，校方訓練教師，給他們機會從事教學觀摩，學習把寫作應用在不同的科目。校方也鼓勵不同科目的教師聚在一起，討論如何將寫作做為教學生查找、批判性思考的工具。

先看看哈德遜高中的成功實例，由於學區督學謝爾頓・貝爾曼（Sheldon Berman）推動跨科際寫作策略，把這所默默無聞、表現平平的高中，轉變為獲得美國教育部頒獎肯定的教育改革模範高中。

哈德遜高中是美國最早實施跨科際寫作的高中。教改先驅貝爾曼博士自一九九〇年，接任該學區的督學，就開始思考將寫作教育用於教學改革的可能性。後來，他開始在哈德遜高中推動全校性的跨科際寫作課程。當時他的做法偏離麻州教學標準，因而遭到家長投訴、批評，甚至該校有六成教師因此離職。但是，如今貝爾曼推動的教學法，受到美國教育界普遍推崇，他自己也說，相信自己為學生們「做了對的決定」。他說：「我仔細研究過州教學標準，坦白說，我覺得我們還是符合教學標準骨架的……。做為一個督學，我的做法是執行州標準中好的部分，我的責任是不要讓學生受到州標準的負面影響。」言下之意，對當時的麻州教學標準頗有微詞。

貝爾曼致力在全學區推動一個目標：進步的、以學生為主的、以探究為導向的教學，並且努力爭取各校委員會的支持。他認為，寫作教育是推動此一目標的引擎。但是他面臨強大的阻力，很多九〇年代後期在麻州當過校長的教育界人士，迄今都還記得這場「由下而上的革命」。二〇〇一年，哈德遜高中的九百一十六名學生、八十八名全職教師，一起經歷了這場巨大的革命。為了徵求新教師，貝爾曼和學校行政人員發布了以下徵人啟事，尋找他們認為能夠在這場改革中蓬勃發展的教師：

哈德遜公立高中尋找有創意、以學生為中心、熟悉新科技的語文教師，願意致力於在文化、經濟背景多元的校園工作。我們歡迎能夠引導學生共同學習、服務學習、批判性思考、解決問題，並有意願在一個創新的教學環境工作的教育者。

全校推讀寫的成功案例

貝爾曼雇用了一批頭腦靈活的課程主任，致力於創造以提升讀寫力為先的教職員文化。其中一個關鍵目標，就是建立科目之間的聯繫。

在貝爾曼的領導下，課程主任在學校及社區裡推動改革，將哈德遜高中從一個傳統、沒沒無聞、學術表現偏弱的高中，轉變為一所教學改革的典範高中，並獲美國教育部授獎肯定。首先由六到十二年級英文藝術課程主任麥迪・布里克（Maddie Brick）負責，對哈德遜高中的教師進行普查，找出在教師心目中學生最迫切的需求。結果，大家都同意，寫作教育是最亟需改進的一個領域。這是一個好現象，至少表示教師在促進讀寫教育方面有共識。布里克隨後召集一批有興趣面對挑戰的教師幹部，然後向紐約教育局申請了一筆經費，讓這些教師都去進修讀寫教育。麻州寫作計畫主任彼得・愛坡（Peter Elbow），邀請這群高中教師檢討自己的作文，然後彼此討論他們寫作的過程。這樣可以幫助教師了解學生學習寫作的過程。

布里克說：「教師們開始對話，深入討論對學生的期待與標準，我們得到了有聲有色的結果……。教師學會使用讀寫教育的術語，向孩子們描述學校讀寫教育改革的前景，幫孩子們找到自己想說的話，教他們用作文把這些話表達出來，並指導他們如何編輯彼此的作品，給對方有用的意見，而不只是挑出錯字。」

這一群有志於讀寫教育的核心教師，以及持續的教師培力，奠定了哈德遜高中全校讀寫教育改革的基礎。這一群教師變成教師領袖，帶動教職員討論跨科際讀寫教育的風潮。他們特別注重說明文、論說文及分析文，因為這三種文體，容易被應用在科學等非語文科目。哈德遜高中的教師，自己也在課堂上跟學生一起練習寫，並且拿出自己的文章供學生批評，親身示範。他們建立起各種文體的評分標準，保證全校、各科目使用的寫作評分標準都一致，並將這一套評分標準公開給學生和家長了解。

二〇〇一年，哈德遜高中獲得教育及研究機構（Mass Insight Education and Research Institute, MIERI）頒發的先鋒獎（Vanguard Award），肯定學校讀寫教育的改革成果。MIERI是一個由業界及學界領袖組成的非營利組織，以推動高水準的教育改革為目的。先鋒獎的獲獎標準之一，是至少連續三年在語文或數學方面持續進步。推動讀寫教育改革後，哈德遜高中學生在麻州綜合評量（Massachusetts Comprehensive Assessment System）及加州成就測驗（California Achievement Tests）兩項指標性評量中，都迭創佳績。也證明了寫作教育在升學壓力當頭的高中高年級階段，是重要而有效的學習工具。

貝爾曼說：「學生自我表達的能力，是所有科目的教師都應該重視的。對科學、數學也很關鍵。我們為學生尋求思考及表達的機會，不論是寫日誌、解釋他們的答案，或描述他們的學習經驗。我們一直要求學生多寫，因為寫作就是這麼重要。」

接下來再看看另一所讀寫教育改革的模範高中——曼哈頓國際高中的真實故事。曼哈頓國際高中，是一所有大量英文不流利的新移民學生的紐約市立高中，學校透過推動跨科際寫作教育，來滿足校內高度多元化的學生組成，在最困難的環境中取得成功。雖然多數學生的母語不是英文，但他們的教師了解，流利讀寫英文的能力，不論是對學生現在的學業或未來的事業，都將是成功的關鍵。

近年來，愈來愈多非以英語為母語的移民子弟，湧入美國高中校園，還有很多外國留學生進入美國研究所，他們都被期待要有母語般流利的英文程度。很多移民學生口說的能力比寫作好，這是因為很多教師不了解以英語為第二外語的學生，在學習寫作時需要哪些幫助。有些教師以為，這些學生要先學會口說，才能學習寫作。但是在曼哈頓國際高中，教師致力於讓學生了解，在學習英文的同時，也可以在各科目上追求好的表現，不必等到學好英文再來學其他。

成立於一九八五年，曼哈頓國際高中是美國最早為移民設立的高中之一。成立初期，學校的入學條件是：學生在美國居住不滿四年，並且英文學術表現低於百分之二十一。目前全校共約三百四十名學生，來自四十八個國家，說三十七種不同的語言，百分之五十七的學生有資格領取免費或減價的營養午餐。這樣的學生組成，對教學而言是很大的挑戰。早在一九九〇年代中期，這所學校就是學者經常研究的對象，被用來探討各種創新的教學方式。

美國國家英語學習與成就中心（National Center on English Learning and Achievement, CELA）研究發現，曼哈頓國際高中用跨科際寫作課程，以及精細的「作品集」制度，鼓勵學生觀察自己英文及寫作能力進步的情形，獲得很好的成果。這樣的方式，也成功幫助許多學生達到州評量標準。CELA研究員朱迪絲·蘭格（Judith Langer）指出，曼哈頓國際高中的學生，積極培養自己的語文能力，學習如何使用語言來達到學術目的。

二〇一五年，曼哈頓國際高中百分之七十二的學生，通過紐約州學力測試並順利畢業，這是自二〇一一年以來最高的畢業率。這個紀錄看起來不怎麼樣，但是琳達·達令哈蒙德指出，換做其他傳統的紐約市立高中，學生半數以上會在升上十二年級以前輟學。因為很多學生入學時只會說一點點英文，該校採用師徒輔導制來幫助學生學英文，所有的新生都會被安排由一位使用相同母語的學長或學姊，協助他們學習英語。

達令哈蒙德觀察這些剛剛移民來美的青少年：「他們簇擁在實驗室的桌子旁邊，口語、肢體語言並用的討論物理問題，使用素描、數學符號、片段的英文、間或的母語，彼此成功的溝通……。在另一間教室裡，一組一組的學生在讀彼此的自傳，互相問問題，修改對方的文章。在把自傳交給教師以前，他們有機會改進想法、使表達更清晰。一個來自迦納的學生建議另一個來自波多黎各的學生，在自傳裡多加描述聖胡安的文化。在這兩個學生交談間，她們學得了彼此的社會背景，拓展了她們對世界的看法，交到了新朋友，並建立了溝通的能力。」

由於一般公立高中使用的教材不適合這些新移民學生，這所學校提供主題式的跨科際教程，共有六種主題學程，每種學程約有六十名學生。每個學程都有兩個主題，每學期各一個，由一組共五到七名教師負責教學，各組教師的背景，包括人文、科學、數學、技術。學程內容由教職員共同計畫發展，學生以小組為單位，使用教師自己編寫的教材，而非制式的教科書，來學習以下主題：

- 「美國夢」與「美國的現實」。
- 「運動」與「可見／不可見」。
- 「罪與罰」與「城市生活」。
- 「這是你的世界」與「衝突與解決」。
- 「金錢的世界」與「我們周圍的世界」。

•「起源與結構」。

不論哪一個學程，讀與寫，是曼哈頓國際高中師生文化的一部分。所有的課程都包括讀與寫，不論是科學、數學、還是技術課。例如，在「起源與結構」學程中，寫作是學生們分享、拓展、學習想法的主要方式。依據教師設計的課堂活動指南，學生練習寫各種文體的文章，從解釋性的簡短段落，到表達學習成果長篇論述。透過這些練習，學生學習字彙、文法、不同文體的寫作，學校促進學生語言能力的目標也得以達成。教師也從事大量的寫作：課堂指南、教學報告、自我評量，還有，對該校非常重要的贈款申請書。教師組成「同儕評議小組」，提供自己的作品供同事評價。

重點是，主題學程之間互有聯繫。例如，「起源與結構」組的學生，在科學課堂上要運用他們學到的數學概念，來構建一個三維寺廟，同時在人文課上寫一篇神話故事。在曼哈頓國際高中，讀與寫是聯繫各學程的橋梁，他們成功的將讀寫教育應用在學習的方方面面。他們的讀寫教育秉持這幾個原則：跨科際寫作、大量的口語及書面反饋、培養學生對作品的責任感。

哈德遜高中和和哈頓國際高中，透過讀寫教育改革，成功翻轉了學生的學習力與學習成就，也翻轉了學校的績效與處境，說明儘管學校條件不好，但只要用對策略，弱勢學校也可以成功的克服挑戰，提升學生的讀寫力、成就學生。達成這個挑戰的第一步，就是揚棄「讀與寫是一門科目」的觀念，將之視為「跨科際的學習工具」。讀寫力是一切學習力的基礎，提升讀寫力，應該成為每一所學校努力的目標。

”

全校性的讀寫教育改革計畫，需要共識——教師、行政階層、家長，都要支持這個改變。有共同的承諾與共識做基礎，就能讓改變慢慢發生。

“

結語

美國經驗的啟示

二〇一五年，學生基礎素養能力國際評比計畫PISA結果出爐，臺灣學生「閱讀素養能力」從二〇一二年的第八名，退步至第二十三名，狠狠敲了臺灣教育界一記警鐘。

我為本書寫作期間，適逢臺灣的新課綱審議中。原本期待PISA評比結果能使臺灣教育界有所警惕，但令人失望的是，新課綱還是沒有給學生一堂閱讀課，中小學還是沒有正式的閱讀「課程」，或許每週有一次的晨讀十分鐘，而這短短十分鐘的晨讀，就算完全落實，仍是遠遠不夠。

每年夏天，我的外甥和外甥女都會來美國參加夏令營，期間暫住我家。去年，這兩個分別就讀七年級和三年級的孩子告訴我，學校根本沒有作文課，而且「已經很久沒有作文課了」。聞言，我真的非常驚訝，同時不禁為臺灣讀寫教育的未來感到憂心。

臺灣新課綱總綱草案裡有語文時數可供參考，國中、小都是每週五堂課，閱讀與寫作都涵蓋其中。但教育界人士指出，絕大多數教師都覺得這點時間，用來教正課都不夠，因此未必會撥出一定時數來實施閱讀與寫作課程。也有的教師會用「彈性學習課程」來寫作文、帶閱讀。可憐的閱讀與寫作，由於沒有納入正式的課程，名義上以「彈性學習課程」來涵蓋，事實上就是教師自己看著辦，而課表沒有明列的課程，教師和家長多半就不甚在意了，造成臺灣讀寫教育邊緣化的狀況。

我旅美十五年，主跑文教新聞五年，深感美國教育界對人文與讀寫教育的重視。自一九六〇年代起，讀寫教育一直都是正式課程的一部分。期間小布希政府時代的「沒有一個孩子落後」政策一度重閱讀輕寫作，但歐巴馬政府的「共同核心標準」於二〇一二年上路後，便致力復興寫作教育。共同核心標準沒有硬性規定讀寫課程時數，課程設計、教材、師資也都由各州各學區自行決定，但從各州依據共同標準制定的建議時數看來，對於讀寫都是非常重視的。

以美國國家寫作計畫的發祥地加州為例，目前語文授課時數為一日兩小時，其中包括閱讀與寫作。部分州更詳細制定讀寫建議時數，例如亞利桑納州，語文授課時數為一日兩個半小時，並規定其中一小時授課，一個半小時進行讀寫練習。

提升讀寫力的美國經驗，至少可以給臺灣以下幾個觀念上的啟發，重新思考讀寫教育的未來。

第一，讀寫力不只是讀與寫的能力，讀寫訓練可以在多方面促進一個學生的學習能力。閱讀力是學習力的基礎，寫作力是批判性思考的起點；這就是讀寫教育為什麼重要，讀寫力為什麼被國際教育界公認為重要的學力及競爭力指標。麻塞諸塞總醫院兒童發展專家喬安娜．克里斯多托祖（Joanna Christodoulou）說：「一開始，你學習如何閱讀。然後，你會透過閱讀學習。」她指出，閱讀力是一切學習力的根本。她主持的實驗更發現，參與閱讀課程的孩子，六週後腦部活動、腦部結構都會發生改變，變得更「聰明」。

第二，閱讀與寫作練習不應只限於語文課，讀與寫更不能獨立於彼此而存在。四十年來，美國教育界一直在推動「跨科際閱讀、跨科際寫作」，主張各科目，而非只有語文課，都應該包括閱讀與寫作的部分。愛德荷州的科學教師們，將讀寫練習應用在科學課上，得到了非常好的效果（詳見本書第三章）。

第三，讀寫教育的改革，是一個漫長的過程，可能長達數年甚至數十年。從那篇知名的〈為何強尼不能寫作〉社論開始，美國經過了四十年的讀寫教育改革，才得到二〇一一年PIRLS評比讀寫力全球第六的成果。儘管如此，根據最新的國家教育評估報告（National Assessment of Education Progress），有四分之三的八到十二年級學生，對寫作仍然「不夠精通」；同時，二〇一六年大學入學測驗（ACT）結果顯示，百分之四十高中畢業生的閱讀能力仍然沒有達到大學對新生的期待。可謂改革尚未成功，教育界仍需努力。

第四，教師培力是讀寫教育改革的關鍵。致力復興寫作教育的共同核心標準上路迄今六年，也收穫了一些令人振奮的成果，但進步的程度仍然不夠顯著，中小學讀寫教育仍有成長的空間，每年仍然有寫作能力未達期待的新生步入大學校園。美國教育界人士指出，這是因為很多教師只受過一點點讀寫教育訓練，自己都對寫作沒有信心，遑論帶動學生（詳見本書第四章）。

最後，臺灣學生近年來在國際閱讀素養評比的表現不佳，究其原因是一切為升學考試做準備，數理教育掛帥，導致讀寫教育長期邊緣化。的確，這是一個科學崛起、人工智慧當道的年代，但人性從來沒有比現在更重要。我們不能忘記，科技必須根植於人性。蘋果公司執行長提姆・庫克（Tim Cook）今年在麻省理工畢業典禮致詞，語重心長的說道：「我不擔心人工智慧會取代人類……我擔心的是人類變得越來越像機器，失去了價值與熱情。」而唯有提升讀寫素養，才能讓我們的孩子活得「更像人」。

附錄——

寫作及寫作教學策略術語表

本書提到許多近年來美國讀寫教育相關研究提出的寫作策略術語，茲整理說明如下。

- **讀者**（**Audience**）：寫作時，作者是在對或真實、或假想的讀者發表自己的意見。讀者可能是作者自己（比方說寫日記的時候）、朋友（寫信的時候）、教師、學校或社區的同儕，也可能是作者並不認識的社會大眾。寫作的第一課，不是起承轉合，而是認識讀者。在學習寫作時，要了解針對不同的讀者，採取怎麼樣不同的寫作法。
- **寫作過程**（**Writing process**）：在完成一篇文章時所使用的任何活動或思考

策略，通稱為寫作過程。這個過程可以被描述為構思（發想主題，確定目標，組織題材）、演繹（將想法轉換為文字）、檢閱（複審與改寫）的循環；也可以被分類為預寫、草稿、改寫、編輯等部分。寫作過程導向教學注重學生在寫作時構思的過程。

- **預寫**（**Prewriting**）：任何幫助作者搜集題材、發想主題、確定觀點、並進一步將之組織為文章的計畫性活動，通稱為預寫。預寫的方法很多，包括腦力激盪、自由寫作、討論、塗鴉、角色扮演等等。有些作者在預寫之後會採取組織技巧，例如把想法和題材分類表列，或者據此擬一初步大綱。在預寫階段，文法和拼寫的正確性不是重點。

- **自由寫作**（**Free writing**）：皮特・埃爾伯（Peter Elbow）將自由寫作定義為一種私人練習，花一段時間自己覺得合適的時間，在這段時間內不停的、沒有結構的在紙上寫下腦子裡的想法，不必受主題侷限，也不必考慮拼字語文法是否正確。這種沒有結構的寫作是一種探索，可以在作者遇到瓶頸、思路阻塞、或是思慮不清時幫助他們。五到十分鐘的自由寫作就可以幫助作者找到暢通思路，找到新點子，並重拾寫作的精力。很多人也採用自由寫作為寫作前的暖身運動。

- **起草**（Drafting）：起草時，作者開始發展題材，寫下連貫的句子與段落，這就是草稿。依文章的文體、長度、複雜度，每篇文章可能需要不只一個版本的草稿。在初擬草稿時，不必太強調文法、拼字等機械格式。起草的目的是開始去深入了解題材、塑造這些題材，起草的過程讓作者有機會探索並考慮呈現文章主題的手法。一開始的草稿可能很粗略，作者可以一遍遍重新塑造、組織、調整草稿結構，後面版本的草稿就會愈來愈成熟且貼近讀者。

- **修改**（Revision）：修改時，作者以編輯的眼光來調整一篇草稿，找出並刪除無關主題的文句，並注意審視題材，決定哪些部分應該被強調，哪些部分可以被縮減。改寫往往牽涉到大篇幅的結構改變、大刀闊斧的編輯，經由重新組合思想，讓文章結構更清晰，內容更精練，段落之間更環環相扣。每一個作者都需要學習改寫，教師也可以幫助學生熟悉這個過程：以自己或其他同學寫的草稿為教材，示範給學生看如何改寫，將草稿修改為清楚的文章。

- **編輯**（**Editing**）：在《且教且寫》（*Teaching with Writing*）一書中，佛蒙特大學退休寫作教授托比．富立樂（Toby Fulwiler）將編輯定義為：「一個過程，確定你所寫的確實符合你所想的，且使用最恰當的語言。」有些作家和作文教師認為，編輯就是改寫。也有些人認為，編輯是更為精細的改寫，一段一落、一字一句的斟酌推敲，同時要留意拼字、標點、語法等文章在機械上的正確性。編輯是一篇文章準備好發表或出版前最後的步驟。
- **同儕回饋**（**Peer response**）：一種經常應用在課堂教學上的技術，可以幫助學生練習編輯的技巧，以及體驗真實的讀者回饋。首先，教師示範如何對一篇文章做建設性的批評，提出正面及實用的評語。然後，學生兩人或數人為一組、交換閱讀彼此的作文。學生發表自己的文章並得到重要的回饋，同時也學習做一個有眼光的讀者，提供同學改寫的意見。也可以讓學生大聲朗讀自己的文章給其他同學聽，這樣可以讓學生的耳朵練習聽出一篇文章的用字是否恰當，是否有不通順的文句，或者有錯漏不全之處。（本書第二章提到的雪莉．史溫的課堂習作便是一例）

- **查找技巧**（**Inquiry strategies**）：所謂「查找」，就是「問對問題、找出答案」。正如小喬治．希洛克斯在《考試的陷阱》（*The Testing Trap*）一書中所定義的，查找技巧包括：1.比較不同的案例以歸納出同異之處，2.解釋證據如何支持某一主張，3.蒐集並評估證據，4.從他人的角度想像某種情況。這些思考策略跟作者蒐集文章題材的策略是一樣的。可以藉討論或寫作來培養查找的技巧。

- **遞歸性**（**Recursive**）：寫作的重複性。寫作至少涉及四個步驟：預寫、起草、修改、編輯。這四個步驟不是順序發生的，而是反覆發生的，這就叫做遞歸性。例如在修改時，作者可能必須退回到預寫步驟來開發、拓展想法。

- **句子重組**（**Sentence combining**）：一種教學技術，用以幫助學生熟悉語法，使他們的句型庫擴大而多樣。最簡單的應用，就是讓學生把兩個短句重新組合成一個較長、較完整的複合句。更高階的應用，可以讓學生在組合句子同時運用排比等修辭技巧。
- **作品集**（**Writing portfolio**）：學生個人作品的合集。讓學生把作品集合在一個文件夾裡，可以讓教師追蹤學生的成長，學生也可以看出自己的進步。作品集裡可以包括同一篇文章數個版本的草稿，或是學生自選的得意作品，或是不同文體的合集。更完整的作品集可以包括學生的自我檢討，或是對於自己做為一個作者的期許。關於作品集的運用，在本書第五章有詳細介紹。

- **跨科際寫作（Writing across the curriculum）**：在各個不同科目讓學生練習寫作，可以讓學生熟悉不同學科領域的用語和慣例，包括舉證規則、術語、寫作形式等。提倡跨科際寫作的專家們相信，各科目都可以跨科際寫作為學習的工具。有些學者，例如伯恩（其提出的教學策略詳見本書第二章），在其著作《導引思想》中，將寫作視為「批判的過程、溝通的產物、思考的成果」。寫作因此可以培養查找、探索、詮釋的習慣，且可以應用在各科目上。

美國讀寫教育改革教我們的六件事：找回被忽略的 R：wRiting 作文爛？這不是學生個別的困境，而是國家需要面對的教育課題！/ 曾多聞著 .-- 初版 .-- 新北市：字畝文化創意出版：遠足文化發行，2018.08
面； 公分 .--（Education；4）
ISBN 978-986-96744-4-7（平裝）
1. 寫作法
811.1 107013238

Education004

美國讀寫教育改革教我們的六件事

找回被忽略的 R：wRiting
作文爛？這不是學生個別的困境，而是國家需要面對的教育課題！

作者 曾多聞
社長 馮季眉
編輯總監 周惠玲
編輯 戴鈺娟、李晨豪
封面設計 羅心梅
美術編輯 張簡至真
發行 字畝文化創意有限公司
遠足文化事業股份有限公司
地址：231 新北市新店區民權路 108-2 號 9 樓
電話：(02) 2218-1417 傳真：(02) 8667-1065
電子信箱：service@bookrep.com.tw
網址：www.bookrep.com.tw
郵撥帳號：19504465 遠足文化事業股份有限公司
客服專線：0800-221-029

讀書共和國出版集團 社長：郭重興
發行人兼出版總監：曾大福
印務經理：黃禮賢
印務：李孟儒

法律顧問 華洋法律事務所 蘇文生律師
印製 成陽彩色印刷股份有限公司

2018年8月29日 初版一刷 定價：380元
2020年6月 初版三刷
ISBN 978-986-96744-4-7 書號：XBED0004